THE QUEEN OF CRIME
繁體中文版
20週年
紀念珍藏

黑麥滿口袋

著——阿嘉莎·克莉絲蒂
譯——宋碧雲

A Pocket Full of Rye

Agatha Christie®

通俗是一種功力

吳念真（導演、作家）

通俗是一種功力。絕對自覺的通俗更是一種絕對的功力。

這樣的話從我這種俗氣的人的嘴巴說出來，大概很多人要笑破褲底了。不過，笑完之後請容我稍稍申訴。這申訴說得或許會比較長一點，以及，通俗一點。

小時候身材很爛，各種遊戲競爭完全任人宰割，唯一隱遁逃避的方法是躲起來看書或聽大人瞎掰。那年頭窮鄉僻壤的小孩能看的書不多，小學二年級時最喜歡的是超大本的《文壇》，老師借的。看著看著，某天老師發現我的造句竟出現：「捧著：朝陽捧著一臉笑顏為群山剪綵」這樣亂七八糟的文字，就拒絕再讓我看那些超齡的東西了。

老師的書不給看，我開始抓大人的書看。一種是厚得跟磚塊一樣的日文書，對我來說那完全是天書，但插圖好看，經常有限制級的素描。另一種書是比較薄的，通常藏得很嚴密，只是裡面有太多專有名詞、重複的單字和毫無限制的標點，比如「啊啊啊」、「……！！！」

老讓我百思不解。有一天，充滿求知欲地詢問大人竟然換來一巴掌後，那種閱讀的機會和樂趣也隨著消失了。

所幸這些閱讀的失落感，很快從大人的龍門陣中重新得到養分。講到這裡，我似乎先得跟一個村中長輩游條春先生致敬，並願他在天之靈安息。

我所成長的礦區，幾乎全是為著黃金而從四面八方擁至的冒險型人物，每人幾乎都有一段異於常人的傳奇故事。這些故事當事人說來未必精采，但一透過游條春先生的嘴巴重現，有時連當事人都聽得忘我，甚至涕泗縱橫，彷彿聽的是別人的故事。

條春伯沒當過日本兵，可是他可以綜合一堆台籍日本兵的遭遇，一如連續劇般從入伍、受訓、逃亡荒島，面對同鄉同袍的死亡，並取下他們的骨骸寄望帶回故鄉，乃至骨骸過多搞不清哪是誰的等等，讓聽的人完全隨他的敘述或悲或笑，彷彿跟他一起打了一場太平洋戰爭。此外他也可以把新聞事件說得讓一個三、四年級的小孩，到現在仍記得當時腦中被觸動的畫面。例如當年瑠公圳分屍案的凶手做案之後帶著小孩到安東街吃麵（這讓我一直以為台北的安東街是條專門賣麵的街道），還有甘迺迪總統被暗殺、賈桂琳抱住她先生、安全人員跳上飛快的車子保護賈桂琳……當然，這記憶全來自條春伯的嘴巴而不是報紙。我的記憶全是畫面，有畫面，是因為條春伯說得精采，說得有如親臨他至死都還搞不清地理位置的達拉斯命案現場。

於是這小孩長大後無條件地相信：通俗是一種功力，絕對自覺的通俗更是一種絕對的功力。透過那樣自覺的通俗傳播，即使連大字都不識一個的人，都能得到和高階閱讀者一樣的感動、快樂、共鳴，和所謂的知識、文化自然順暢的接軌。也許就是因為這些活生生的例子，俗氣的自己始終相信：講理念容易講故事難，講人人皆懂、皆能入迷的故事更難，而能隨時把這樣的故事講個不停的人，絕對值得立碑立傳。

條春伯嚴格地說是有自覺的轉述者，至於創作者，我的心目中有兩個。一個是日本導演山田洋次，一個是推理小說家阿嘉莎·克莉絲蒂。

山田洋次創造了寅次郎這個集合所有男人優點跟缺點的角色，在以《男人真命苦》為名的系列下，總共完成百部左右的電影。它們的敘述風格、開頭、結尾的方法不變，唯一改變的是故事，是時代，是遍歷日本小鄉小鎮的場景。數十年來，看《男人真命苦》幾已成為日本人每年的一種儀式，一如新春的神社參拜。

數十年前訪問過山田導演，他說，當他發現電影已然有它被期待的性格時，電影已經不是導演自己的。他說：當所有人都感動於美人魚的歌聲時，你願意為了讓她擁有跟你一樣的腳，而讓她失去人間少有的嗓音嗎？

人間少有的嗓音與動人的歌聲，都來自山田導演絕對自覺的通俗創造。

再如阿嘉莎·克莉絲蒂，如果我們光拿出她說過的故事和聽過她故事的人口數字，就足以嚇死你。五十多年的寫作生涯，她總共寫出六十六本長篇推理小說，外加一百多篇短篇小說和劇本。其中有二十六本推理小說被改編，拍了四十多部電影和電視劇集。作品被翻譯成一百零三種文字的版本，銷量超過二十億本。

夠了。你還想知道什麼？知道二十億本的意義是什麼嗎？二十億本的意義是全世界平均三個人就有一個人讀過她的書，聽過她說的故事。

說來巧合，她和山田洋次一樣，創造出個性鮮明的固定主角（當然，前前後後她弄出來好幾個），然後由他（或是她）帶引我們走進一個犯罪現場，追尋真正的罪犯。

故事就這樣？沒錯，應該說這是通常的架構。那你要我看什麼？不急，真的不急，克莉絲蒂會慢慢冒出一堆足夠讓你疑惑、驚嚇、意外，甚至滿足你的想像力、考驗你的耐心和智商的事件來。

推理小說不都是這樣嗎？你說得沒錯，大部分是這樣，不一樣的是……對了，她像條春伯，像山田洋次，她真會說，而且她用文字說。

文字的敘述可以讓全世界幾代的人「聽」得過癮、「聽」個不停，除了聖經，也許就是克莉絲蒂。她不是神，但她真的夠神。

數十年前，台灣剛剛出現她的推理系列中譯本，那時是我結婚前，常有同齡的文藝青年來我租住的地方借宿，瞄到我在看克莉絲蒂，表情詭異地說：「啊？你在看三毛促銷的這個喔？」

我只記得他抓了一本進廁所，清晨四點多，他敲開我的房門說：「幹，我實在很討厭那個白羅……再拿一本來看看，我跟你說真的，要不是你的書，我真的很想把那個矮儸壓到馬桶吃屎！」

我知道他毀了，愛吃又假客氣，撐著尊嚴騙自己。克莉絲蒂再度優雅地撕破一個高貴的知識份子的假面具，她的手法簡單，那手法叫通俗，絕對自覺的通俗，無與倫比、無法招架的功力。

昔日的文藝青年如今跟我一樣，已然老去，但不時還會看到他寫一些充滿理念和使命感極重的文章，在報紙和雜誌上出現。我知道他要說什麼，只是常常疑惑他想跟誰說；同樣，我記得他說過什麼，但轉眼間忘記他說了什麼。但請原諒我，幾十年前那個晚上，他在我家看完的那兩本克莉絲蒂的小說內容，我可還記得清清楚楚。

也許有一天再遇到他的時候，我會問他之後是否還看過克莉絲蒂其他的書，如果沒有，我會跟他說，想讀要趁早，因為你會老、會來不及。至於白羅那個矮儸，大概永遠不會消失。哦，對了，還有一個叫瑪波，你說不定會來不及認識……

瑪波小姐——洞明世事，仍不失對人情的寬諒

吳曉樂（作家）

瑪波小姐是阿嘉莎．克莉絲蒂筆下的兩名神探之一，名氣不若白羅響亮，支持者倒是挺死忠專情。她也是推理小說界「女偵探」的第一把交椅，至今仍無人能動搖其地位。瑪波小姐系列合計有十二本長篇、兩本短篇小說集。以及一篇收錄於《哪個聖誕布丁？》的小說〈葛林蕭的笑話〉。常有讀者受「小姐」二字所誘，誤信瑪波小姐是妙齡少女，但英文中，未婚女性一律以Miss稱之，實際上，瑪波小姐已六十好幾。按照蓋達克警官的形容，「她的模樣非常蒼老，頭髮雪白，粉紅的臉上布滿皺紋，一對藍色眸子柔和且真摯無邪」。

瑪波小姐亦是知名的「安樂椅神探」，她的歲數與支氣管炎等痼疾限縮了她奔走的範疇。大部分時間，瑪波小姐僅在英國村鎮裡穿梭，一邊喝茶，一邊傾聽案件相關的陳述。克莉絲蒂刻意將筆下兩位神探做出區隔，白羅是比利時難民，案件時常顯現壯闊的異國情調，瑪波小姐系列則洋溢著恬謐、悠哉的英國小鎮氛圍。瑪波小姐經手的案件，多半以某座莊

園、公館為中心，在傭人、園丁、廚師、仕紳與貴婦人等交織而成的人際網絡裡，一樁樁謀殺案就此鋪展。

瑪波小姐的經歷有些神祕，讀者只能從她談及自己的稀少橋段，拼湊出模糊的過往：她接受良好教育，曾待過佛羅倫斯的寄宿學校，一度從事過護理工作。再從瑪波小姐坐擁房產、生活講究等細節，我們不難勾勒她中產階級的出身。上述資訊，幾乎是我們能得知的全部了。

至於瑪波小姐的個性，我想徵用瑪波小姐首次登場《牧師公館謀殺案》的語句：「她是村子裡最壞的女人，總是知道每一件事，並且做出最悲觀的推斷。」「在英格蘭，任何偵探也比不上一個上了年紀又有很多閒暇的老處女。」「拿望遠鏡賞鳥的習慣也總是讓她別有收穫。」從這些褒貶相依的評價，我們首先歸納出一些結論：瑪波小姐有些好管閒事，城府也深，偏偏她的判斷比誰都趨近真相。

更細緻地分析，瑪波小姐「溫和無害，乍看糊塗」的表象，是最天然的保護色。與她搭話的人物，屢屢在輕敵的狀態下鬆懈心防，下意識就吐露原先拚命掩藏的犯案痕跡。其次，瑪波小姐認為人性並不複雜，若我們悉心諦視，必能察覺其中的「共性」。她的外甥雷蒙．衛司曾將聖瑪莉米德村喻為「一潭死水」，瑪波小姐則認定死水若放在顯微鏡底下，「其實生機盎然」，而她所謂的顯微鏡，或許指涉了鄉村背景。鄉村生活人情緊密，有助瑪波小姐近距離蒐集人性的不同臉譜。我個人認為，瑪波小姐最專長的辦案手法是「數據分析」，她常將案發現場的樣本扔入聖瑪莉米德村——她的「人性資料庫」，進行搜尋和比對，一旦辨識出相似的行為態樣，接下來她將安坐椅上，預估其發展。是以瑪波小姐一再「後發先至」，她抵達現場的時間總是不無「遲到」的味道，不過待她釐清人物之間的譜系和利害關係，旋即能夠盤整出一些關鍵，為案件帶來重大突破。

瑪波小姐以閒談獲取的情報，都顯得那麼普通、不起眼，她卻能如同手上的編織活，這一針那一線巧妙地穿引，後續再輕輕一扯，將線索行雲流水地組織起來。瑪波小姐深諳自往昔的歲月萃取珍貴的經驗，舉例來說，有一回，她以「聖靈降臨節過後的週一，園丁必不上班」為由，輕易識破一則謊言；也有一回，她從「發音方式」捕捉到講述者的故弄玄虛。

初識瑪波的讀者，我建議以短篇小說《十三個難題》為前菜，篇幅短小，清爽不占空間，品嘗的餘韻足夠引發興致。至於長篇，我心儀《殺人一瞬間》，此作推理成分相對清淡，架構上更接近「豪門恩怨肥皂劇」，序幕即嵌入一場駭人的畫面，將讀者牢牢地鉤入劇情。辦案過程中，瑪波小姐另聘慧黠迷人的露希小姐，潛入疑雲重重的鹿瑟福。兩位小姐的視角頻仍轉換，前場後場的調度十分緊湊，讓讀者捨不得輕易暫停。克莉絲蒂向來很節制「愛情」的著墨，但在此作，她給露希小姐點綴了幾許風花雪月，時至今日，露希小姐情歸何處，是海內外讀者樂此不疲的謎題。而在《死亡不長眠》中，步履蹣跚的瑪波小姐擔憂一對年輕夫婦，不惜啟程遠行，讓我們見到她慈幼的一面。《加勒比海疑雲》也帶給我相當的樂趣，見瑪波小姐與毒舌老富翁拉斐爾搭檔，完成第一次在國外大展長才的紀錄，很是過癮。續作《復仇女神》，拉斐爾已逝，留下一封報酬頗豐的委託，瑪波小姐積極走入謎團，讀者可以看清她心中晃蕩不止的漣漪。瑪波小姐追憶拉斐爾的絮語，我認為是全系列裡罕有的「情愫」展現。

瑪波小姐還有項令人歆羨的本事：她的才華普遍獲得男性同儕的認同。亨利爵士稱她「本人絕無僅有，四星級睿智的紅粉知己，老太婆中的超級老太婆」。尼勒警官如此形容她：「為人正直，具有無可指摘的正義感。」時間跨幅長久的蓋達克警官更是五顆星好評：「瑪波小姐能夠用最大限度的鎮靜來思考謀殺、猝死，以及各種真實罪案。」

按照出版年代，《瑪波小姐的完結篇》是瑪波小姐最後一次現身。若以氛圍而言，我認為《破鏡謀殺案》裡瑪波小姐的自述，更適切地傳達出這位天才神探正緩緩邁向遲暮，「人必須面對現實：聖瑪莉米德昔日風貌不再。當然，從某種意義上說，沒有一樣東西能一如往昔。你可以怪罪戰爭（兩次世界大戰），怪罪年輕這一代，或者出去工作的女人，或者原子彈，或者政府，但其實你真正不滿的只是一個簡單的事實：你正在變老」。瑪波小姐信任的傭人凋零，外甥為她聘請的女傭竟把她視為昏聵無知、需要悉心呵護的老人家。萬幸的是，摯友荷大克醫師捎來了慰藉，他認為瑪波小姐最合適的藥方就是：一場謀殺案。這舉止點醒了讀者，縱使低調不鋪張，瑪波小姐依然、無庸置疑地對辦案懷有莫大熱情。

文章的尾聲，我要再次回到瑪波小姐的人性觀，她雖堅稱「最無情的猜測往往都會被證實為真」，倒也不吝坦承「我總是對人性抱著希望」。這位英國小姐的魅力自然流淌，她洞明世事，仍不失對人情的寬諒。

獻詞

阿嘉莎・克莉絲蒂是世界讀者最眾，也最廣受喜愛的女作家。身為克莉絲蒂的孫兒，我相信奶奶會非常樂見這次出版，因為她極以自己作品中的趣味與娛樂為豪。歡迎所有喜歡本系列的台灣新讀者參與這場饗宴！

——馬修・培察（Mathew Prichard）

01

今天輪到索梅斯小姐泡茶。索梅斯小姐是全公司資歷最淺、效率最差的打字員。她的年紀不小了，面孔溫馴多慮，像綿羊似的。水還沒開，索梅斯小姐就倒水去沖茶葉，可憐的她一向搞不清水有沒有沸騰。她一生有許多煩惱，這就是其中之一。

她倒好茶，將茶杯放在每個茶碟上，再各加兩片軟綿綿的甜餅乾。

能幹的打字主任葛菲小姐頭髮花白，生性嚴苛，她已經在「統一投資信託公司」做了十六年，她厲聲說：「索梅斯，水又沒有開就沖！」

索梅斯小姐那張多慮溫馴的面孔脹得通紅，她說：「噢，老天，我以為這次水開了。」

葛菲小姐自忖：「這陣子我們正忙，也許再讓她做一個月……真是的！這個白癡把我們給東方發展公司的信件搞得一塌糊塗……工作其實簡單得很；而且她真不會泡茶。要不是優秀的打字員太難找……上回餅乾盒的蓋子又沒蓋緊，真是的……」

但葛菲小姐憤慨的思潮往往中途就被打斷，這回也不例外。

就在此時，柯芬農小姐大模大樣進來泡伏特庫先生的「聖茶」。伏特庫先生另有不同的茶葉、精挑的瓷具和特選的餅乾。只有水壺和從衣帽間水龍頭盛來的水和別人一樣。既然泡的是伏特庫先生的茶，水當然滾開了，而且是由柯芬農小姐負責燒水的。

柯芬農小姐是個非常迷人的金髮美女。她身穿式樣奢華的黑色小套裝，漂亮的小腿裹著最好、最貴的黑市尼龍絲襪。

她不屑與人說話，也不屑看人一眼，總是大步穿過打字間，彷彿這些打字員都是蟑螂。柯芬農小姐是伏特庫先生的私人祕書；有人傳言她和老闆有曖昧，但這並非實情。伏特庫先生最近才續了弦，新娘長得很媚，很會花錢。柯芬農小姐在伏特庫先生的心目中只是一個辦公室的必要擺飾……這邊的擺飾都很奢華、很昂貴。

柯芬農小姐端著托盤走回去，活像端一份祭品似的。她穿過裡層辦公室和重要客戶坐談的接待室，穿過她自己使用的前室，最後輕輕敲門，走入聖殿中的聖殿，亦即伏特庫先生的辦公室。

這個房間很大，木條鑲花地板亮晶晶的，有昂貴的東方毛毯點綴其間。室內嵌有淺色的木格子，擺著幾張外罩淺色軟皮的毛呢大椅。室內的中心和焦點是一張巨型的楓木辦公桌，伏特庫先生就坐在大桌子後面。

伏特庫先生個人的氣勢不足，配不上這間辦公室，不過他已經盡了力。他的體型龐大鬆軟，頭頂禿得發亮；在一間市區辦公室裡穿著鬆鬆垮垮的蘇格蘭呢服裝，看起來真不自然。他對著桌上的一堆文件皺眉頭，柯芬農小姐則以天鵝般的步履滑到他身邊。她把托盤放在他肘邊的桌子上，用平淡的口吻低聲說：「伏特庫先生，您的茶。」說完就告退了。

伏特庫先生報以一聲悶哼。

柯芬農小姐重新坐回自己的辦公桌前，進行手邊的工作。她打了兩通電話，改了幾封已經打好要給伏特庫先生簽名的信函，還接了一通電話。

她以傲慢的口吻說：「現在恐怕不可能，伏特庫先生正在開會。」

她放下話筒，看看時鐘。現在是十一點十分。

就在這個時候，一陣不尋常的聲音由伏特庫先生的辦公室傳來，穿透隔音甚佳的門板。那聲音悶悶的，卻可以聽出是窒息的慘叫。此時柯芬農小姐桌上的電鈴響了，長長綿綿的，拚命叫人。柯芬農小姐一時嚇呆了，猶豫不決地站起身。一碰到突發事件，她就慌了手腳。不過她照例像雕像般走到伏特庫先生的門口，敲門進去。

眼前的場面讓她更驚慌。大桌後面的老闆好像痛得扭歪了臉，他那種痙攣的動作看起來真嚇人。

柯芬農小姐說：「噢，老天，伏特庫先生，你是不是生病了？」

說完又自覺問得太蠢。伏特庫先生一定病得很重。她走近他，他的身體仍痛得直抽筋。

他張口斷斷續續說話。

「茶……你在茶裡……放什麼鬼東西……求救……快找醫生……」

柯芬農小姐飛快跑出房門外。她不再是一位自大的金髮祕書，此時，她已是一個嚇昏了頭的女人。

她跑進打字間嚷道：「伏特庫先生出問題了……快要死了，我們得找個醫生……他看來真可怕，我看他快要死了。」

大家的反應很快，想的卻各不相同。

年紀最輕的打字員蓓爾小姐說：「若是癲癇症，我們該在他嘴裡放一個軟木塞。」

誰有軟木塞？沒人有軟木塞。

索梅斯小姐說：「他這種年紀，可能是中風。」

葛菲小姐說：「我們得找個醫生，立刻去找。」

可是她平日的效率無法發揮，她在此服務了十六年，未曾請過醫生來辦公室。她自己有特約醫師，可惜住在史翠森小城。附近哪兒有醫生呢？

沒人知道。蓓爾小姐抓起一本電話簿，開始查「D」字母項下的「醫生類」。可惜這不是分類電話簿，醫生不像計程車司機那般被完整地列在一起。有人提到醫院……可是該找哪一家醫院呢？索梅斯小姐堅持道：「得找對醫院，否則人家不會來。我的意思是，因為『國民健康制度』的關係。得找這一區的。」

有人建議撥九九九，可是葛菲小姐嚇一大跳，說那樣會有警察來，不妥當。她們這一群精明幹練的婦女，個個都是享受全民健保福利的現代國民，但對正確的應變常識竟是如此無知。蓓爾小姐找「A」字母項下的「救護車」類。葛菲小姐說：「他有自己的特約醫生，他一定有醫生。」

有人跑去找個人地址簿，葛菲小姐指示辦公室小弟去找個醫生來……想辦法，隨便上哪兒找都行。她在個人地址簿上發現哈利大街的奧文．山德曼爵士。柯芬農小姐癱倒在椅子上，幽幽哭泣，語氣不像平時那麼高傲了。

「我只是像一般那樣泡茶……真的，不可能有什麼問題。」

葛菲小姐停下來，手擱在電話撥號盤上。

「有問題？你為什麼說這句話？」

「他說的……伏特庫先生，他說茶有問題……」

葛菲小姐不知該撥威爾貝克台，還是撥九九九。蓓爾小姐年紀輕，充滿希望說：「我們該給他吃點芥末、喝點水，快。辦公室裡沒有芥末嗎？」

辦公室裡沒有芥末。

過了一會兒，兩輛不同的救護車停在大樓門前，貝斯納格林區的伊薩可醫生和哈利大街的奧文．山德曼爵士在電梯內相遇。原來打電話和辦公室小弟同時發揮了功能。

／02

尼勒警官坐在伏特庫先生辦公室那張楓木辦公桌後面。有一名部下手拿記事本，客客氣氣地坐在門口附近的牆角。

尼勒警官外貌瀟灑，有軍人風貌，短短的棕髮由低低的額頭往後生。每當他說「只是例行公務」時，應訊者總是惡狠狠想道：「你也只能辦辦例行公事罷了！」但他們可真是大錯特錯了。尼勒警官外表看來沒什麼想像力，本人其實是個富於想像的思考家，問話時會想出一些古怪的犯罪理論，試用在對方身上，這是他調查的方法之一。

為查此案而坐在這裡的他，眼光準確地立即看出葛菲小姐最能簡明闡述事情的始末；而她說明過今早的事件後，也旋即跨出房門離去。尼勒警官私下揣想這位打字室的資深幹部在雇主茶杯裡下毒的三大絕妙理由，卻又覺得不可能而放棄了。

他推斷葛菲小姐：一、不是用毒的那種人；二、未愛上雇主；三、心智並未失常；四、不是記仇的女子。所以，葛菲小姐算是過關了，可作為正確的消息來源。

尼勒警官看看電話，他預料聖猶大醫院隨時會打電話來。

當然啦，伏特庫先生突然發病也可能是基於自然的理由，不過貝斯納格林區的伊薩可醫生和哈利大街的奧文．山德曼爵士都不以為然。

尼勒警官按了手邊的電鈴，叫人請伏特庫先生的私人祕書進來見他。

柯芬農小姐略微恢復了鎮定，卻有失沉著。她滿臉懼色進了房間，動作不再像天鵝般流暢，一進門就自辯說：「不是我做的！」

尼勒警官低聲應道：「不是嗎？」

他指指一張椅子，柯芬農小姐平日常手持便條簿坐在那兒，記錄伏特庫先生的信函。她勉強坐下，驚魂未定地偷覷尼勒警官。

尼勒警官暗自想像「誘姦」、「勒索」、「法庭上的金髮美女」等可能性。他那副模樣看來蠢蠢的，倒令人頗覺安心。

柯芬農小姐說：「茶沒有問題，不可能有問題。」

尼勒警官說：「我知道。請問你的姓名和地址？」

「柯芬農……伊蓮娜．柯芬農。」

「怎麼拼法？」

「噢，和柯芬農廣場一樣。」

「你的住址呢？」

「葛斯威山城露斯路十四號。」

尼勒警官點點頭表示滿意。

他自忖，那就不是誘姦，不是另築小愛巢……住在正常的家庭，與父母親同住。不是勒索。

另外一套理想的推論也被沖垮了。

他怡然說道：「茶是你泡的？」

「嗯，我非泡不可。我意思是說，一向由我泡。」

尼勒警官從容地聽她描述伏特庫先生的早茶儀式。茶杯、茶碟和茶壺已經打包送到有關單位去化驗了。現在尼勒警官得知只有伊蓮娜．柯芬農動過茶杯、茶碟和茶壺。大水壺裡的水先倒去泡辦公室的公用茶，之後，柯芬農小姐再由衣帽間的水龍頭重新接水去煮。

「茶葉呢？」

「那是伏特庫先生自備的茶葉，特級中國茶。擺在隔壁我辦公室的架子上。」

尼勒警官點點頭，他問起糖，得知伏特庫先生未曾加糖。

電話鈴響了。尼勒警官拿起話筒，臉色略有改變。

「聖猶大醫院？」

他點頭叫柯芬農小姐出去。

「暫時到此為止，謝謝你，柯芬農小姐。」

柯芬農小姐連忙走出房間。

尼勒警官仔細聽著聖猶大醫院那個不帶情感的細弱聲音。聽對方說話的同時，他用鉛筆在面前的吸墨紙一角畫出幾個神祕的符號。

他問道：「你說五分鐘前死的？」

他看看手錶，十二點四十三分。他寫在吸墨紙上。

那個呆板的聲音說班斯多醫生要親自和尼勒警官說話。

尼勒警官說：「好，接過來。」那官方語調中含有幾絲尊敬，威嚴大減。

接著是一陣喀啦喀啦、伊伊嗡嗡和幽遠的人聲。尼勒警官耐心坐著等待。

電話那頭冷不防傳來一陣低吼，他頓時把話筒由耳邊移開一兩吋。

「嘿，尼勒，你這老禿鷹，又在處理屍體啦？」

尼勒警官和聖猶大醫院的班斯多教授一年多以前曾合辦一件中毒案，此後就成了朋友。

「醫生，聽說我們送去的人死了。」

「是的。他到這兒的時候，我們已無能為力。」

「死因呢？」

「得驗屍，當然。很有趣的案子，真的很有趣。我很慶幸自己能參與。」

班斯多興奮的語調向尼勒警官透露了某種訊息。

「我猜你不認為是自然死亡。」他淡然說道。班斯多醫生堅定地說：「絕對不可能。」說完又謹慎地加上一句：「當然我是非正式發言。」

「當然，當然，我了解。他是中毒吧？」

「沒錯，而且……你知道，這是私下講講，千萬別告訴別人……我可以打賭是什麼毒。」

「真的？」

「塔西因，老兄，是塔西因。」

「塔西因？從來沒聽過。」

「我知道，那很少見，太少見了！若非我三、四週以前正好治過一個病例，否則我也看不出來。一堆小孩扮家家酒，由紫杉樹上採漿果來泡茶。」

「就是那個東西……紫杉果？」

「果實或葉子都有可能，毒性很高。當然啦，塔西因是生物鹼，我沒聽過被人拿來使用的案例。真的很有趣，很不尋常……尼勒，你不知道我們對除草劑那類東西有多麼厭煩。塔西因這東西可是玩真的。當然啦，我可能弄錯了——千萬別引述我的話——不過我想不至於。我猜你也覺得很有趣吧，改變了慣例嘛！」

「所以這下大家都會有段歡樂時光？受害人例外。」

「是的，沒錯，可憐的傢伙，他的運氣真差。」班斯多醫生的口氣帶點敷衍。

「他死前有沒有說什麼？」

「噢，你的一個部下手拿記事本坐在他旁邊。他會報告詳情。他嘀嘀咕咕提到茶，說他辦公室的茶水被人加了東西……不過那當然是胡扯。」

「為什麼是胡扯？」

尼勒警官想像迷人的柯芬農小姐在茶水中加進紫杉果的情形，覺得實在太不搭調。

「因為那種東西不可能這麼快發生作用。聽說他一喝完茶，症狀立即出現了？」

「她們是這麼說的。」

「除了氰化物，很少毒物這麼快生效。當然，純尼古丁也許有可能……」

「你確定不是氰化物或尼古丁？」

「老兄，那樣他等不到救護車抵達就已經死掉了。噢，不，不可能是那種東西。我曾懷疑是番木鱉鹼，不過他抽筋的樣子不是典型的症狀。當然啦，我這是非正式發言，但我拿名譽打賭，一定是塔西因。」

「這種東西要多久才會發生作用？」

「不一定。一個鐘頭，也可能兩個鐘頭或三個鐘頭。死者的胃口好像不錯，他早餐如果吃得多，作用就會慢一點。」

尼勒警官若有所思地說：「早餐……是的，看來是早餐有問題。」

班斯多醫生高興地笑道：「豪門早餐。老弟，你有得查了。」

「多謝了，醫生。你先別掛斷，我想和巡佐談談。」

線那頭又傳來喀啦喀啦和嘰嘰喳喳的聲音，以及遠處怪異的人聲，最後是一陣沉重的呼吸，海依巡佐說話之前必有這一段開場。

他急急地說：「長官，長官。」

「我是尼勒。死者有沒有說些我該知道的話？」

「他說茶水有問題……他在辦公室喝的茶。不過醫生說不是……」

「是的，這我知道了。沒有別的嗎？」

「沒有，長官。不過有一點很奇怪。他穿的西裝……我們檢查過他口袋裡的東西，大抵是普普通通的東西，包括手帕、鑰匙、零錢、皮夾，但是有一樣東西很特別。他西裝外套的右口袋裡面……有穀物。」

「穀物？」

「是的，長官。」

「你所謂穀物是什麼意思？是不是指早餐食品？『農家之光』或『麥花』之類的？還是玉蜀黍或大麥……」

「對了，長官，就是一粒粒的穀子。我看是黑麥，有很多哩。」

「我明白了……奇怪。也許是樣品，和生意有關係。」

「對，長官，不過我覺得應該提一提。」

「做得好，海依。」

尼勒警官放下話筒，坐在那兒茫茫然瞪著前面好幾分鐘。他那井井有條的腦袋由「調查一期」轉入「調查二期」……由疑似中毒轉入確定中毒的階段。班斯多教授的推論也許不是正式聲明，可是班斯多教授的看法從不會錯。雷克斯．伏特庫是被人毒死的，毒物可能是在發病前一至三個鐘頭放進去的。

看來辦公室的員工都可洗清嫌疑。

尼勒站起身，走到外面的辦公室。打字員十分散漫地打了一些零星的稿件，但並未卯盡全力。

「葛菲小姐，我能不能再跟你說幾句話？」

「當然，尼勒先生。小姐們可不可以出去吃午餐？她們平日用餐的時間早就過了。還是要我們叫人送東西進來？」

「不，她們可以出去吃午餐，但是飯後必須回來。」

「好。」

葛菲小姐跟著尼勒走回私人辦公室。她坐下來，鎮定自若，動作俐落。

尼勒警官不加開場白，直接說：「我接到聖猶大醫院傳來的消息。伏特庫先生十二點四十三分死了。」

葛菲小姐聽到消息並不驚訝，只是搖搖頭。

「他恐怕病得很重。」她說。

尼勒發現她一點也不悲傷。

「你能不能告訴我他家和家族的情形？」

「當然可以。我已經試著聯絡伏特庫太太，但她好像出去打高爾夫球了，而且不回家吃午餐。無法確定她在哪個球場打球。」接著她又解釋說：「你知道，他們住在貝敦石南林，正好在三個著名高爾夫球場中央。」

尼勒警官點點頭。貝敦石南林住的幾乎全是有錢的企業家，火車往返十分便利，離倫敦只有二十哩，就算在早晨和傍晚交通最繁忙的時候開車往返也相當便利。

「詳細的地址和電話號碼呢？」

「貝敦石南林三四〇〇號。屋名叫『紫杉小築』。」

尼勒警官忍不住失聲問道：「什麼？你說『紫杉小築』？」

「是的。」

葛菲小姐顯得有點好奇，不過尼勒警官又恢復了鎮定。

「你能不能敘述他家的情形？」

「伏特庫太太是他的第二任妻子，比他小很多。他們大約在兩年前結婚。前任的伏特庫太太多年前就去世了。前妻留下兩個兒子和一個女兒。女兒住在家裡，長子也一樣，他是公司的股東。今天他不巧到英格蘭北部出差，預計明天回來。」

「他是什麼時候走的？」

「前天？」

「你有沒有設法和他聯絡？」

「有。伏特庫先生入院以後，我打電話到曼徹斯特的米隆飯店，以為他在那裡，結果他今天一大早就離開了。我相信他還要去雪菲德和萊瑟斯特，可是我不敢確定。我不妨將他到那裡後可能去造訪的商行告訴你。」

警官暗想，真是個能幹的女子，她若去謀殺一個人，手法可能也很幹練。但他讓自己拋掉這些推想，專心打聽伏特庫家的現況。

「你說還有個次子？」

「是的。但他和父親失和，住在國外。」

「兩個兒子都結婚了？」

「是的。長子柏西瓦先生已經結婚三年。他們夫妻在紫杉小築占用一層樓，門戶獨立，不過他們再過不久就要搬到貝敦石南林的自用住宅去。」

「你今天早晨打電話時，也聯絡不到柏西瓦．伏特庫夫人？」

葛菲小姐繼續說：「她今天到倫敦去了。次子藍斯洛先生結婚不到一年，娶了佛德烈．安提斯爵爺的遺孀。我想你應該見過她的照片，在《閒話》雜誌上，和馬兒一起照的，你知道。還有越野賽的新聞。」葛菲小姐似乎有點喘不過氣來，兩頰微微發紅。

尼勒善於捕捉人的心境，知道這段姻緣勾起了葛菲小姐虛榮和浪漫的情懷。在葛菲小姐心目中，貴族就是貴族，但已故的佛德烈．安提斯爵爺在賽馬圈名聲並不好，她一定不知道。監事們要調查佛德烈．安提斯的某一匹馬出賽的情形，他遂舉槍自殺。尼勒依稀記得他太太的某些資料。她是一位愛爾蘭貴族的女兒，以前曾嫁給一位空軍飛行員，那人在不列顛戰役中喪生。

現在她似乎嫁了伏特庫家族的不肖子。葛菲小姐說他們父子失和，尼勒猜藍斯洛．伏特庫做過不名譽的事情，才造成這個結果。

藍斯洛．伏特庫！好特別的名字！另外一個兒子呢……柏西瓦？不知道前任伏特庫太太是怎麼樣的人？

她取名字似乎有其特殊的癖好……

他把電話拉近來，撥電話台，叫了貝敦石南林三四〇〇號。

不久有男人說：「這裡是貝敦石南林三四〇〇號。」

「我要找伏特庫太太或伏特庫小姐。」

「抱歉，她們不在家，兩個都不在。」

尼勒警官聽對方的聲音，覺得他略有醉意。

「你是不是僕役長？」

「正是。」

「伏特庫先生病得很嚴重。」

「我知道，她們打電話來說過。不過我一點辦法都沒有。柏西瓦先生到北方去了，伏特庫太太出去打高爾夫球。柏西瓦夫人到倫敦去，不過她會回來吃晚餐。艾琳小姐帶少年女童軍出去。」

「屋子裡沒有人能聽我報告伏特庫先生的病情嗎？這很重要。」

「噢，我不知道。」對方似乎感到疑惑。「有位蘭貝東小姐……但她從來不聽電話。還有竇夫小姐，她是你們所謂的總管。」

「那我和竇夫小姐說話，麻煩你。」

「我去找她。」

他的腳步聲在電話那端漸行漸遠。尼勒警官沒聽見來人走近的腳步聲，可是一兩分鐘後，有個人說話了。

「我是竇夫小姐。」聲音低沉而鎮定，口音很清楚。

尼勒警官想像竇夫小姐的外貌一定很討人喜歡。

「竇夫小姐，我很遺憾，伏特庫先生剛才在聖猶大醫院去世了。他在辦公室突然發病。我急著跟他的親人聯絡……」

「我了解。我不知道……」她突然住口，語氣並不激動，而是有點吃驚。她繼續說道：「實在太不幸了。你該聯絡的是柏西瓦·伏特庫先生。必要的事項都由他安排。你可以打到曼徹斯特的米隆飯店或萊瑟斯特的豪華旅館，也許能找到他。不然你可以試試萊瑟斯特的雪拉證券行。我們不知道他會去拜訪哪家公司，他們大概會告訴你他的行蹤。伏特庫太太一定會回來吃晚餐，說不定會回來喝下午茶。這對她必是一大震撼。發生得很突然吧？伏特庫先生今天早上出門時還好好的。」

「他出門之前，你看到他了？」

「噢，是的。是什麼毛病？心臟病？」

「他有心臟病嗎？」

「不，不，我想沒有……不過事情來得這麼突然，我以為……」她突然住口。「你是不是從聖猶大醫院打電話來？你是醫生？」

「不，竇夫小姐，我不是醫生。我在伏特庫先生的辦公室打電話。我是刑事調查部的尼勒警官。我會盡快到那邊去看你。」

「警官？你的意思是說……你是什麼意思？」

「竇夫小姐，這是樁暴斃事件；每次有人暴斃，我們就會奉召到現場，何況死者最近沒看過醫生……我猜是這樣吧？」

他只帶一點疑問的口氣，可是年輕的女管家答腔了。

「我知道。柏西瓦替他預約過兩次，可是他不肯去看病。他很不講理，他們都很擔心……」她停下來，恢復原先的自信口吻。「如果你還沒來，而伏特庫太太先到家，你要我跟她說什麼？」

尼勒警官暗想，她們都好老練啊。

「就說這是暴斃事件，我們得調查調查，只是例行的調查。」

他把電話掛斷了。

／03

尼勒推開電話，猛瞪著葛菲小姐。

「最近他們很為他擔心，要他去看醫生。你沒告訴我。」

葛菲小姐說：「我沒想起這件事。」又加上一句：「我總覺得他不是真的生病……」

「不是生病，那是什麼？」

「噢，只是怪怪的，和以前不一樣，舉止奇特。」

「是為某些事情憂心？」

「噢，不，不是憂心，憂心的是我們……」

尼勒警官耐心等待。

葛菲小姐說：「真的很難形容。他鬧過脾氣，你知道，有時候會勃然大怒。坦白說，有一兩次我以為他醉了……他吹牛，說些很不尋常的話，我想不可能是真的。我在這兒許多年，他對自己的事情一向很保密、不洩漏的，你知道。可是他最近變了，胸襟大開，而且到處亂花錢，和平日完全不一樣。像辦公室小弟要去為他祖母送葬，伏特庫先生居然找他進去，給他一張五英鎊的鈔票，叫他去押第二紅的賽馬，然後放聲大笑。他不……嗯，他就是和平常不一樣，我只能這麼說。」

「也許他有心事？」

「和一般所謂『有心事』不同。他似乎正期待某一種快樂或刺激的妙事。」

「大概是等著做成一筆大生意？」

葛菲小姐贊同。

「是的，是的，我要說的就是這個意思。日常事務對他而言好像再也不重要了，他的心情總是很興奮。也有些怪裡怪氣的人來找他談生意，都是以前沒來過的人。柏西瓦先生擔心極了。」

「噢，他為此而擔心？」

「是的，柏西瓦先生一向是他父親的心腹，你知道，他父親相當信賴他。但最近……」

「最近他們處得不好。」

「嗯，伏特庫先生做了不少柏西瓦先生認為不智的事情。柏西瓦先生一向小心謹慎，可是他父親突然不再聽他的話，柏西瓦先生感到驚慌。」

「他們大吵過一架？」尼勒警官仍在刺探。

「我不知道吵架的內容……不過，現在我懂了，伏特庫先生一定是無法控制自己才……吼得那麼大聲。」

「他大吼，真的？他說些什麼？」

「他跨出房門，來到打字室……」

「那你們都聽見了？」

「噢，是的。」

「他痛罵柏西瓦，痛罵他，詛咒他……」

「他罵柏西瓦幹了什麼事？」

「是怪他什麼都不幹……說他是可悲而講究法律細節的小職員；說他沒有遠大的眼光，沒有做大生意的概念。他說：『我要找藍斯洛回來。他比你強十倍，而且他結了好親家。雖然藍斯洛曾經玩火差點被法庭起訴，不過至少他有膽量……』噢，老天，我不應該說出那件事！」

葛菲小姐和許多人一樣，被尼勒警官哄得忘了形，現在感到尷尬萬分。

尼勒警官安慰道：「別擔心，過去的事情就過去了。」

「噢，是的，那是很久以前的事了。藍斯洛先生年輕氣盛，不知道自己在幹什麼。」

尼勒警官聽過這種論點，覺得頗不以為然。但是他未加深究，又提出新的問題。

「再跟我談談這邊的員工吧。」

葛菲小姐急著拋開洩密的羞慚，連忙提供辦公室諸人的資料。尼勒警官謝謝她，說他想再見柯芬農小姐。

偉特巡官進來削鉛筆，發現這個地方很高級，他以欣賞的目光環顧那些大椅子、大桌子和間接照明的燈光。

他說：「這些人的姓名也很高級。柯芬農，和一位公爵有關；還有伏特庫，也是上層階級的姓氏。」

尼勒警官笑一笑。

「他父親不姓伏特庫……本姓馮特斯庫，來自於中歐某地。我猜他自己覺得伏特庫比較好聽。」

偉特巡官肅然起敬地望著這位長官。

「原來你早已知道他的背景？」

「我奉召來此之前，先查了幾樣資料。」

「他沒有前科吧？」

「噢，沒有。伏特庫先生精明得很，才不會留下前科。他和黑市有些關係，至少做過一兩樁可疑的買賣，不過都在法律容許的範圍內。」

偉特說：「我明白了，不是個好人。」

尼勒說：「一個不肖之徒。但是我們無法定他的罪。國稅局追蹤他好久，可惜他太精明了，他們一點辦法都沒有。已故的伏特庫先生是金融奇才。」

偉特巡官說：「這種人也許會和人結下冤仇吧？」

他說話滿懷希望。

「噢，是的，他一定有仇人。不過你別忘了，他是在家裡被毒死的，看來是如此。偉特，你知道，我看出一種模式，一種古老的家庭模式。好兒子，柏西瓦；壞兒子，藍斯洛，對女人頗有吸引力。妻子比丈夫年輕，不肯交代清楚她上哪個球場打高爾夫球。這是個再熟悉不過的模式。可是有一點很特別、很不調和。」

偉特巡官問道：「什麼不調和？」

這時候門開了，柯芬農小姐已恢復鎮定，美豔如昔，她傲然問道：「你想見我？」

「我要問幾個與令雇主有關的問題……也許該說是已故的雇主了。」

「可憐的人。」柯芬農小姐說道，口氣可完全感覺不出悲憐之意。

「我想知道，你最近有沒有注意到他的任何異狀。」

「噢，有，事實上我注意到了。」

「哪一方面？」

「我說不清楚……他好像說了不少荒唐的話，我連一半都不敢採信；而且他很容易發脾氣，對柏西瓦先生尤其如此。對我倒不會，因為我從不頂嘴。無論他說什麼怪話，我都說：『是的，伏特庫先生。』」

「他，有沒有……向你獻過殷勤？」

柯芬農小姐不無遺憾地說：「噢，沒有，我想沒有。」

「還有一個問題，柯芬農小姐。伏特庫先生是不是習慣在口袋裡裝穀粒？」

柯芬農小姐顯得非常驚訝。

「穀粒？在口袋裡？你是說用來餵鴿子之類的？」

「可能是那種用途。」

「噢，我相信他沒有。伏特庫先生？餵鴿子？噢，不。」

「今天他會不會因為特殊的理由在口袋裡裝了大麥……或黑麥，當作樣品之類的，以便做穀類交易？」

「噢，不。今天下午他要接見亞洲石油公司的人、阿提克斯建築協會的總裁……沒有別的人了。」

「噢，好吧。」

尼勒揮揮手，拋開這個題目，並遣走柯芬農小姐。

偉特巡官嘆口氣說：「她的小腿很迷人，尼龍襪也是高級的……」

尼勒警官說：「美腿對我沒幫助。我所得到的資料仍舊和原來的差不多……滿口袋的黑麥，找不到解釋。」

04

瑪麗．竇夫下樓下到一半，停下來看看樓梯間的大窗子外頭。一輛轎車正好駛近門口，有兩個人下車。個子較高的一位背對著房屋站了一會兒，勘察四周的環境。瑪麗．竇夫若有所思地品量了這兩個人。一位是尼勒警官，另一位想必是他的部屬。

她把視線由窗口收回來，看看樓梯轉角處牆上掛的落地鏡。鏡中人嬌小端莊，穿灰色毛呢衣裳，領口和袖口白得一塵不染。她的黑髮中分，化作兩道閃亮的波濤向後攏，最後和頸背的一個髮結相連……她用的唇膏是淺玫瑰色的。

瑪麗．竇夫對自己的儀容相當滿意。她唇邊掛著一抹微笑，走下樓梯。

尼勒警官打量了房子一周，想道：這棟房子竟稱為「小築」，哼！「紫杉小築」！有錢人真會裝模作樣！換了他尼勒警官，準把這棟房子叫作「華廈」。他最知道「小築」是什麼，他就是在一棟門房的小屋裡長大的！哈丁頓公園那棟有二十九間臥房的巴拉底式豪宅

（現在已被國家信託局接收），他家的小屋便在園門邊。房子從外面看來嬌小可愛，裡面則潮溼又不舒服，除了最原始的衛生設備，什麼都沒有。幸虧尼勒警官的父母認為這都無所謂。他們用不著付房租，也用不著做什麼事，只在必要時開園門、關園門就行了，而且常有許多兔子可下鍋，偶爾還有野雞哩。老尼勒太太從未享受過電熨斗、慢速燃燒爐、通風碗櫃、冷熱自來水、一動手指就能開關的電燈等等設備。尼勒一家冬天用油燈，夏天天一黑就上床睡覺。他們是健康快樂的一家人，但是樣樣落伍。

尼勒警官一聽到「小築」二字，童年的回憶便浮上心頭。可是這個地方，這個冒名的「紫杉小築」，是有錢人自建並偽稱為「鄉下小地方」的華廈。照尼勒對所謂鄉村的看法，這兒還不算鄉下哩。房子是結實的紅磚樓，不太高，長長延伸著，有多扇山形牆和大量的鉛框窗戶。花園的人工味很濃，闢成許多玫瑰花圃、藤架和水池，還有許多修剪過的紫杉樹籬，與屋名相配。

這裡的紫杉多得很，誰若想取得塔西因的原料，一點都不難。右邊的玫瑰藤架後方保留了自然的原貌；有棵大紫杉叫人聯想到教堂墳場；枝椏用木柵撐著，像森林世界的先知。他暗想道，遠在此鄉間布滿新蓋的紅磚屋以前，那棵樹就存在了。遠在高爾夫球場還未設計，時髦的建築師也未帶著有錢的客戶四處走動說明各建地的優點以前，那棵樹就存在了。老樹既是價值很高的古董，他們遂將它保留，併入新庭園中，也許迷人的住宅就因此而得名——「紫杉小築」。漿果也許是從那棵樹採下來的……

尼勒警官斬斷無益的思潮。得繼續工作啦，他按按門鈴。

一位中年男子立刻來開門，他的外貌和尼勒警官聽電話時所想像的差不多，一副自作聰明的樣子，眼睛不老實，手勁不穩。

尼勒警官報上自己和部下的身分，看到僕役長的眼神有點驚慌。尼勒未予看重。這和雷克斯．伏特庫的死訊應該無關，可能只是不自覺的反應。

「伏特庫太太回來沒有？」

「還沒有，先生。」

「柏西瓦．伏特庫先生也沒回來？伏特庫小姐呢？」

「還沒有，先生。」

「那我要見竇夫小姐，麻煩你。」

對方微微轉頭。

「竇夫小姐來了，正要下樓。」

竇夫小姐神色自若地走下寬敞的樓梯，尼勒警官看了她一眼。這回他心目中的肖像與事實大為不符。當他聽到「總管」一詞時，不知不覺把她想像成肥壯、威風、身上鑰匙叮噹響的黑衣婦人。沒想到，此刻向他走來的是一個嬌小苗條的女子，身穿柔和的鴿色服裝，領口和袖口白淨，髮浪整整齊齊，唇邊掛著蒙娜麗莎式的微笑。不知怎麼，一切都顯得有點不真實，彷彿這位年齡不到三十歲的女子正在演出一個角色……他認為不是扮演管家，而是扮演瑪麗．竇夫[1]，她的儀容是照姓名來整頓的。

她沉著地問候他。

「尼勒警官？」

「是的，這是海依巡佐。我在電話中跟你說過了，伏特庫先生十二點四十三分死在聖猶大醫院。可能是今天早餐吃了某樣東西而致死。所以我希望有人帶海依巡佐到廚房調查早餐的食物。」

她若有所思地和他對望，接著點點頭。她說：「沒問題。」她轉向神色不安的僕役長。

「康普，請你帶海依巡佐過去，他要看什麼，就領他看看。」

兩個人一起離去。瑪麗．竇夫對尼勒說：「請到這裡面談好嗎？」

她打開一扇門，帶頭走進去。這是一間沒有特色的房間，門上清清楚楚標著「吸菸室」等字樣，屋內有鑲板、富麗的裝潢和大絨布椅，牆上掛一套大小合宜的運動海報。

「請坐。」

他坐下來，瑪麗．竇夫坐在他對面。他發現她選擇向光的位置。女人喜歡這樣很不尋常，如果她有事要隱瞞，那就更不尋常了。不過瑪麗．竇夫也許沒什麼事需要隱瞞吧。

1 竇夫的英文為Dove，意為「鴿子」。

她說：「很不巧，他們家的人全都聯絡不上。伏特庫太太隨時會回來，柏西瓦夫人也一樣。我曾打電話到幾處地方找柏西瓦．伏特庫先生。」

「謝謝你，竇夫小姐。」

「你說伏特庫先生是早餐吃了某樣東西致死的？你是指食物中毒？」

「可能。」他望著她。

她鎮定地說：「似乎不太可能。今天早餐吃的是鹹肉、炒蛋、咖啡、烤麵包和橘子醬。側几上還有冷火腿，不過那條火腿昨天就切來吃過了，沒有人吃了覺得不對勁。桌上沒有魚類，沒有臘腸，沒有那一類的東西。」

「我看你對上桌的食物很清楚。」

「當然了，菜單是我下的。昨天的晚餐……」

尼勒警官打斷她的話。

「不，不可能是昨天晚餐的問題。」

「我想食物中毒有時候會延至二十四小時才發病。」

「這回不可能……能不能請你確切說出，伏特庫先生今天早上出門前吃了什麼、喝了什麼？」

「他八點叫人送早茶進房間。早餐是九點一刻吃的。我告訴過你了，伏特庫先生吃炒蛋、鹹肉，喝咖啡，吃烤麵包加橘子醬。」

「穀類食品呢？」

「不，他不喜歡穀類食品。」

「咖啡裡放的糖……是塊狀還是粒狀的？」

「塊狀。不過伏特庫先生喝咖啡不加糖。」

「他早晨習不習慣服藥？像是鹽劑、補藥、消化片？」

「不，他不吃那一類東西。」

「你是不是和他一起吃早餐？」

「不。我不和他們家人一道用餐。」

「早餐桌上有哪些人？」

「伏特庫夫人、伏特庫小姐和柏西瓦．伏特庫夫人。柏西瓦．伏特庫先生不在家。」

「伏特庫太太和伏特庫小姐早餐吃同樣的東西？」

「伏特庫太太只喝咖啡和柳橙汁，吃烤麵包片。柏西瓦夫人和伏特庫小姐早餐一向吃得很豐盛。她們除了吃炒蛋和冷火腿，可能還吃了些穀類食物。柏西瓦夫人喝的是茶，不是咖啡。」

尼勒警官沉思片刻。可能性至少是縮小了，只有三個人陪死者吃早餐：一個是他太太，一個是他女兒，一個是他的兒媳婦。可能是她們之中的某個人伺機在他的咖啡裡加一點塔西因。咖啡的苦味會掩蓋塔西因的苦味。當然啦，還有早茶，但是班斯多提過，那種毒素在茶水中聞得出來，但也可能是大清早感覺還不夠敏銳……他抬頭，發現瑪麗．竇夫正望著他。

她說：「警官，你問起補藥和藥物，我覺得有點奇怪。這表示是藥物出問題，或是有人在裡面羼了東西。這兩種情況都不能稱作食物中毒。」

尼勒牢牢盯著她。

「我並沒有肯定地說伏特庫先生死於食物中毒。是某一種毒，事實上……就是下毒。」

看來她既不驚駭也不心慌，只是好奇。她的態度活像在品嘗一種新經驗似的。

她沉思片刻後，說了如下的話：「我以前從未和下毒案有過牽連。」

尼勒淡然告訴她：「那並不愉快。」

「是，我想是不愉快……」

她思索了一下，突然笑咪咪地抬眼看他。

「不是我做的。不過我想人人都會這麼說吧！」

「竇夫小姐，你覺得是誰幹的？」

她聳聳肩。

「說實話，伏特庫是個可惡的人。誰都可能下手。」

「竇夫小姐，人不會因『可惡』而被毒死。殺人通常都有相當具體的動機。」

「是的，當然。」

她若有所思。

「你肯不肯和我談談住在這兒的人？」

她抬眼看他。他發現對方的眼神冷冷靜靜，似乎覺得好玩，他不禁嚇一跳。

「你不是要我做口供吧？不，不可能，你的手下正忙著打擾傭人。我不希望我的話在法庭上宣讀……但我樂意談談，非正式的，就是所謂『不予公開』，可以嗎？」

「竇夫小姐，那就請說吧。你已經看到了，我旁邊沒有見證人。」

她的身子往後靠，一隻纖足擺呀擺的，眼睛眯起來。

「我要先聲明，我對我的雇主一家並不忠貞。我替他們工作，是因為酬勞高，而且我堅持要拿高酬勞。」

「你會做這種差事，讓我有點吃驚。憑你的腦筋和教育程度……」

「應該關在辦公室裡？還是在某一部門管檔案？親愛的尼勒警官，這一行棒極了。有錢人只要能免除家務的煩惱，什麼代價都肯出。尋找和雇用人手是很可怕的差事，寫信給介紹所、登廣告、做拜訪、安排面談，最後要使一切工作順利推展……這需要相當強的能力，很多人都辦不來。」

「假如你找到了人，他卻跑掉了呢？我聽過這種事。」

瑪麗笑一笑。

「必要時我也可以鋪床、打掃房間、煮飯菜並端上桌，讓誰都看不出異狀。當然我不會去宣傳，這會引發各種誤會。我隨時能度過任何小難關。只是難關倒不常有就是了。我只替大富人家工作，他們為求舒服，肯出極高的薪水……我付出高薪，所以能獲得最高級的服務。」

「僕役長呢？」

她以玩味和激賞的目光瞟了他一眼。

「夫妻檔總有這個問題。康普能留下來，是因為康普太太的緣故，她是少見的好廚師。她像塊瑰寶，大家願意忍受不便，只求留住她。我們的伏特庫先生嗜好美食，愛得很。這家人做事全無顧忌，他們太有錢了。牛油啦、蛋啦、奶油啦，康普太太想訂購什麼就訂購什麼。至於康普，他做事還算及格。他處理銀器還不錯，在餐桌伺候也不差。我掌管酒窖的鑰匙，照管那些威士忌和杜松子酒，並監督他工作。」

尼勒警官揚起眉毛。

「了不起的女孩。」

「一個人必須樣樣會做，然後……就永遠不必動手，你想知道我對這家人的印象？」

「假如你不反對，請說吧。」

「他們其實都相當惡劣。已故的伏特庫先生是行事小心不出差錯的騙徒。他常常吹噓自己做生意多精明。他的態度粗魯專橫，簡直無賴透了。伏特庫太太阿黛兒是他的第二任妻子，比他年輕三十歲左右。他在布萊頓認識她。她以前是修指甲師，一心想賺大錢。她長得很漂亮，十足的性感尤物，你知道我的意思吧。」

尼勒警官十分震驚，可是盡量不表現出來。他覺得瑪麗．竇夫這種女孩子不應該會說這種話。

她神色自若地往下談。

「阿黛兒當然是看中他的錢才嫁給他，他的兒子柏西瓦和女兒艾琳簡直氣瘋了。他們對她很無禮，但是她根本不在乎，甚至沒看出來。她知道必要時有老頭子撐腰。噢，老天，我又用錯了時態。我還沒真正感覺他已經死了……」

「說說他兒子的事吧！」

「柏西瓦？他太太叫他瓦爾。柏西瓦是個油嘴滑舌的偽君子。他看來一本正經，其實很狡猾，怕他父親怕得要命，老是被罵，卻巧於達到自己的目標。他和他父親不一樣，用錢很小氣。節省是他的嗜好。他遲遲不自己找房子，就是為了這個原因。他住在這邊，節省了不少開支。」

「他太太呢？」

「珍妮佛柔柔順順，感覺很蠢。但是我也不敢確定。她婚前是醫院的護士，在柏西瓦肺炎期間看護他，導致羅曼蒂克的結局。老頭子對這門親事很失望，他是個勢利鬼，希望柏西瓦結下他所謂的『好姻緣』。他瞧不起可憐的瓦爾夫人，故意怠慢她。她討厭……我想她非常討厭他。她主要的興趣是逛街和看電影；最大的悲哀就是丈夫不肯多給她錢。」

「女兒呢？」

「艾琳？我頗為艾琳難過。她人不壞，像個永遠長不大的女學生。她很會玩遊戲，對女童軍和幼女童軍管得還不錯。前一段時間她曾和一位不滿現實的青年教師談戀愛，可是她父親發現那個年輕人有共產思想，就強力阻礙他們的戀情。」

「她沒有勇氣反抗？」

「她有。反倒是那個年輕人變了心。我想又是錢的問題。艾琳長得不怎麼迷人，可憐的人。」

「另外一個兒子呢？」

「我沒見過他。大家都說他長得很迷人，而且是個壞蛋，過去曾出過偽造支票的小問題。他住在東非。」

「和父親不和？」

「是的，伏特庫先生讓他當了商行的小股東，所以不能就拿點小錢打發他，斷絕父子關係，但是他已多年未和他聯絡，若有人提起藍斯洛，他就說：『別跟我提那個流氓，他不是我兒子。』然而……」

「嗯，竇夫小姐？」

瑪麗慢慢說：「不過，老伏特庫若打算叫他回來，我是不會吃驚的。」

「你怎麼會這樣想呢？」

「大約一個月前，老伏特庫和柏西瓦大吵一架……他發現柏西瓦背著他做了一些事。我不知道是什麼事，反正他氣得半死。柏西瓦突然不再是乖男孩，他最近和以前不一樣。」

「伏特庫先生和以前不一樣？」

「不，我是說柏西瓦。他好像成天擔心得半死。」

「傭人呢？你已經提過康普夫婦。另外還有誰？」

「葛萊蒂．馬丁是客廳女僕，現在她們喜歡自稱為『女侍』。她負責打掃樓下的房間、擺桌子、清洗餐具、幫忙康普上菜，很正經的女孩子，可惜智能像白癡，還患有腺腫症。」

尼勒點點頭。

「家務女僕是愛倫．科蒂斯，年紀大，很刻薄，脾氣暴躁，不過服務表現甚佳，是一流的家務女僕。此外都是外來的人手，像是偶爾打零工的婦人。」

「只有這些人住在這裡？」

「還有老邁的蘭貝東小姐。」

「她是誰？」

「伏特庫先生的大姨子，也就是他前妻的姊姊。他的前妻比他大很多歲，她姊姊又比她大更多……現在已經七十多歲了。她在三樓有個自用的房間，自己煮飯做家事，只有一個女工來打掃。她的精神不太正常，一向討厭她妹夫，不過她是在她妹妹在世期間來的，妹妹死後，她繼續留在這裡。伏特庫先生不大管她。她是個怪人，大家叫她愛菲姨媽。」

「沒有別人了？」

「沒有了。」

「現在該談你囉，竇夫小姐。」

「你想知道細節？我是孤兒。我在聖阿菲列祕書學院修過祕書課程，當過速記打字員，後來辭職換工作，斷定自己入錯行，就開始了現在的行業。我曾跟過三家不同的雇主。每次我在一個地方做了一年或一年半以後，覺得乏膩，就換地方。我來紫杉小築剛超過一年。我會打字列出前任雇主的姓名和地址，附上我的介紹信交給那位巡佐……他姓海依吧？這樣可以了吧？」

「好極了，竇夫小姐。」

尼勒沉默片刻，想像著竇夫小姐在伏特庫先生的早餐裡動手腳；他的思緒再往前移，想像她摘取紫杉果，放進小提籃內。他嘆口氣回到現實。

「現在我想見見那個女孩，呃……葛萊蒂；然後再見家務女僕愛倫。」他一面站起來一面說：「對了，竇夫小姐，你知不知道伏特庫先生為什麼在口袋裡放穀粒？」

「穀粒？」她瞪著他，顯然很吃驚。

「是的，穀粒。竇夫小姐，這能讓你想到什麼嗎？」

「完全不能。」

「誰管理他的衣物？」

「康普。」

「我明白了。伏特庫先生和伏特庫太太是不是住同一間臥室？」

「是的。當然，他自己有一間更衣室和浴室，她也有……」瑪麗低頭看手錶。「我想她過不久就該回來了。」

尼勒警官站起身，用悅耳的聲音說：「竇夫小姐，你知道嗎，你們這附近有三個球場，可是我們沒在任何一個球場找到伏特庫太太，我覺得很奇怪。」

「警官，如果她不是去打球，也沒什麼好奇怪的。」瑪麗的語氣平平淡淡。

警官厲聲說：「你們明明跟我說她在打高爾夫球。」

「她帶了高爾夫球棍，說要去打球。當然啦，她是開自己的車子。」

他發覺她話中有話，一直盯著她。

「她和誰打球？你知道嗎？」

「我想可能是維恩·杜博斯先生。」

尼勒只說一句「我明白了」。

「我叫葛萊蒂進來見你。她可能會嚇得半死。」瑪麗在門口停留片刻，然後又說：「我勸你別太重視我跟你說的話。我是個存心不良的人。」

她走出去。尼勒警官看看緊閉的門扉，心裡暗自奇怪。無論她說話是不是出於惡意，她的話一定有提示作用。如果雷克斯·伏特庫是被人蓄意毒死的……幾乎可以肯定是如此，那麼把重點放在紫杉小築似乎有成功的希望。有動機的人好像多得很哩。

05

不甘不願走進房間的這位少女長得很平庸，面帶驚惶之色。儘管她個子高大，身穿漂亮的紫紅色制服，仍顯得有點邋遢。

她以哀求的眼光望著他說：「我什麼都沒做，真的沒有，我對這件事完全不知情。」

尼勒誠摯地說：「沒關係。」

他的聲音略有改變，聽來愉快了些，音調也平實許多。他想讓驚慌的葛萊蒂放下心來。

他又說：「坐在這兒。我只想知道今天早餐的事情。」

「我根本沒幹什麼。」

「嗯，早餐是你擺的，是不是？」

「是的，是我擺的。」她口氣像是連這一點也不願承認似的。

她顯得愧疚又害怕，但是尼勒警官看慣了這種證人。他想叫她放心，遂表情熱烈地提出問題：誰最先露面？接著是誰？

艾琳．伏特庫最先下樓吃早餐。康普端上咖啡的時候，她正好進來。接著伏特庫太太下樓，然後是瓦爾夫人，男主人最後出現。他們自己取餐。茶、咖啡和熱食一般擺在側几上。尼勒沒從她口中問出什麼原先不知道的事。食物和飲料的內容和瑪麗．竇夫描述的一樣：男主人、伏特庫太太和艾琳小姐喝咖啡，瓦爾夫人喝茶。一切都和平日差不多。

尼勒問起她自己，她這就答得比較爽快。她先在私人住宅幫傭，又在好幾處咖啡館當過女侍。後來她想再回私人住宅服務，九月來到紫杉小築，至今已兩個多月了。

「你喜歡這裡嗎？」

「我想還不錯。」她又加上一句：「做好自己的事不難，就是少了一點自由……」

「談談伏特庫先生的衣服……他的西裝。是誰負責照料刷洗的？」

葛萊蒂似乎有點憤慨。

「應該由康普先生負責，可是他多半叫我做。」

「今天伏特庫先生穿的衣服由誰刷洗和整燙？」

「我不記得他穿哪一套，他的衣服太多了。」

「你可曾在他的西裝口袋裡發現穀粒？」

「穀粒？」她似乎大惑不解。

「說得明白些，是黑麥。」

「黑麥？那是種麵包吧？一種黑麵包，我總覺得味道不好。」

「那是黑麥做的麵包。黑麥是指穀粒本身。你們家主人的外套口袋裡有一些。」

「外套口袋裡？」

「是的，你知不知道那些東西怎麼會放進他的口袋？」

「我不知道，從來沒看過。」

他再也問不出什麼了。他一時懷疑她是否知道某些事卻不肯坦露。她表情尷尬，想保護自己，但他以為那只是因為天生怕警察罷了。

最後他打發她走，她問道：「是真的嗎，他死了？」

「是的，他死了。」

「很突然，對吧？聽說她們從辦公室打電話來，說他發病。」

「是的……可以算發病。」

葛萊蒂說：「以前我認識一個女孩子，她常常發病，隨時都會發作，真的，老是嚇得我半死。」

這段回憶似乎暫時壓倒了她的疑念。

尼勒警官向廚房走去。

他接受的招待很突然、很嚇人。有個紅臉的胖婦手持擀麵棍，惡狠狠向他走來。

她說：「警察，哼！跑來說這種話！告訴你，沒這回事，我送進飯廳的東西絕對沒問題。

跑來說我毒死男主人。管你警察不警察，我一定要告你們。這個家裡從來沒有壞食物上桌。」

尼勒警官花了好一段時間才平息這位大烹飪家的怒火。海依巡佐咧著嘴由餐具室往裡面瞧，尼勒警官猜他已經首當其衝成了康普太太的出氣筒。

電話鈴響了，好戲因此而中斷。

尼勒走進門廳，發現瑪麗·竇夫正在接電話，她把口信寫在一張便條紙上，這才回頭說：「是電報。」

電話打完了，她放下話筒，把剛才寫的便條遞給警官。發報地點是巴黎，電文如下：

蘇瑞郡貝敦石南林紫杉小築伏特庫先生收。很遺憾你的信被耽擱了。明天午茶時刻來見你。但願晚餐吃烤小牛肉。藍斯洛。

尼勒警官揚起眉毛，說：「原來浪子奉召返家了。」

06

雷克斯．伏特庫喝下他生前最後一杯咖啡的時候，藍斯洛．伏特庫夫婦正坐在巴黎香榭大道的樹蔭下端詳來往的人潮。

「派蒂，『形容形容他吧。』說起來簡單，但我最不會形容了。你想知道什麼？父親大人可以說是個老騙子，你知道。不過你不介意吧？你一定相當習慣了。」

派蒂說：「噢，是的，是的，你說得沒錯，我最能適應水土。」

她裝出楚楚可憐的聲音。她暗想，難不成世人全都不老實……還是她自己特別不幸？

她是個身材高䠷的長腿女郎，長得雖然不美，卻有一股活力和熱心腸帶來的魅力。她的動作優美，栗棕色的頭髮亮得迷人。也許因為長期和馬兒為伍，她看起來還真像一頭純種的小母馬。

她深諳跑馬圈的詐騙伎倆……現在她似乎要面對金融界的詐術了。儘管如此，她尚未謀面的公公就法律觀點來說卻是正義的基石。這些大吹「妙招」的人都差不多……他們技術上向來不超出法律的範圍。她覺得她所愛的藍斯洛早年雖然出了軌，卻具有成功詐欺者所缺少的正直本性。

藍斯洛說：「我並非說他是詐欺犯，不是那樣。可是他懂得成就一樁騙局。」

派蒂說：「有時候我真討厭會耍詐的傢伙。」接著又加上一句：「你喜歡他。」

這是陳述句，不是疑問句。

藍斯洛考慮片刻，然後用詫異的口吻說：「親愛的，你知道，我想我是挺喜歡他哩。」

派蒂笑出聲，他回頭看她，眼睛不覺瞇起來。她真是可人兒！他愛她，為了她，一切都值得。

他說：「你知道，從某方面而言，回來這裡是受罪。都市生活，每天五點十八分下班回家……我不喜歡這種生活方式。我在荒原和異域自在多了。不過人遲早要定下來，我想。有你攜手共度，這種過程也許很愉快。既然老頭子回心轉意了，我們該利用這個機會。收到他的信，我真的很吃驚……沒想到柏西瓦竟做出有損名譽的事。柏西瓦，小乖乖。告訴你，柏西瓦一向狡猾。是的，他狡猾。」

派翠西．伏特庫說：「我大概不會喜歡你哥哥柏西瓦。」

「別因為我的話而對他反感。柏西瓦和我一向不投緣，但也只是這樣罷了。我亂花零用錢，他則存起來。我交名譽不好卻很有趣的朋友，柏西瓦則只交所謂的『益友』。他和我有天淵之別。我總覺得他是可憐蟲，而他……你知道，有時候我覺得他好像很恨我。我不知道原因……」

「我大概猜得出原因。」

「真的，親愛的？你真有腦筋。你知道我老是懷疑……說起來很怪，不過……」

「怎麼？說呀。」

「我不知道支票那件事是不是柏西瓦搞的鬼——你知道，老爸為了這件事把我趕出來——因為我有公司的股份，他不能剝奪我的繼承權，氣得要命！怪就怪在我根本沒有假造那張支票……當然啦，我曾經偷拿錢櫃裡的錢，跑去賭馬，所以沒人相信我。我保證自己有能力把錢還回去，反正那也可以算是我的錢嘛。可是支票那件事……不，我不知道為何我懷疑是柏西瓦幹的，但我就是這麼覺得。」

「可是那對他沒有好處吧？錢是匯進你的帳戶呀。」

「我知道，所以講不通，對吧？」

派蒂猛轉頭看他。

「你是說……他這麼做，是為了把你趕出公司？」

「我不知道。噢，算了，說來真晦氣，忘掉吧。不知道柏西瓦老哥看到浪子回家會說什麼。他那雙缺乏血色像醋栗般的眼睛，一定會驚得跳出來！」

「他知不知道你要回來？」

「如果說他根本不知道，我也不會吃驚！老頭子有一種滑稽的幽默感，你知道。」

「你哥哥做了什麼事，害你爸氣成這樣？」

「我也想打聽這一點。一定有某件事害老頭子生氣，才會匆匆寫信給我。」

「你什麼時候收到他的第一封信？」

「大約四個月……不，五個月以前。很狡猾的一封信，但顯然有意談和。『你哥哥在許多方面令人不滿』、『你似乎浪子回頭了』、『我保證就財務而言值得你跑一趟』、『歡迎你們夫妻倆』。甜心，你知道，我覺得可能和我娶你大有關係。我能娶身分比我高的人，老頭很感動。」

派蒂大笑。

「什麼？娶個貴族中的下等人？」

他咧嘴一笑。

「沒錯。可是下等人沒登記，貴族卻是登錄可考的。你該見見柏西瓦的太太。她那種人只會說：『請把蜜果傳過來』，然後談談郵票等話題。」

派蒂沒有笑，她正在斟酌夫家的女人們。藍斯洛可想不到這些。

「你妹妹呢？」她問道。

「艾琳？噢，她沒問題。我離家時，她還很小。挺正經的女孩……不過現在長大了，可能不再那樣了。她看待事情很認真。」

聽來不太保險。派蒂說：「你走了以後，她從來沒寫信給你？」

「我沒留地址。但她無論如何不會寫的。我們家人感情不深。」

「不會吧。」

他連忙看她一眼。

「嚇到啦？被我家人嚇到？用不著。我們又不去和他們同住。我們會找個小地方，養馬、養狗，你喜歡怎麼樣都行。」

「不過每天還是得在五點十八分下班回家。」

「我是如此。穿戴整齊，來往於市區。不過甜心，別擔憂，倫敦四周也有些鄉間僻壤。最近我體內的生意細胞蠢蠢欲動。這畢竟是天生的，從兩方家族繼承而來。」

「你不大記得你母親吧？」

「對我而言，她老得不得了。當然她是真老了……生艾琳的時候都快五十歲了。她總佩戴許多叮叮噹噹的飾物，躺在沙發上，常讀些騎士和淑女的故事給我聽，我簡直煩透了。像丁尼生的《國王牧歌》。我大概喜歡她吧……她非常……沒有特性，你知道。回憶起來我覺得如此。」

派蒂用不以為然的口吻說：「你好像從未特別喜歡誰。」

藍斯洛抓住她的手臂，捏了一把。

「我喜歡你呀。」他說。

07

尼勒警官手上還抓著電報，忽然聽到一輛車駛近前門，煞車嘎吱一響，車子停了下來。

瑪麗．竇夫說：「伏特庫太太回來了。」

尼勒警官向前門走去，眼尾瞥見瑪麗．竇夫謙虛退居幕後，不見了人影。即將來臨的場面她顯然無意參加……

表現得真圓滑、真謹慎，卻也太缺乏好奇心了吧。尼勒警官斷定，大多數的女性都會留在現場……

他走到前門，發現僕役長康普正由門廳後面走上來。所以他也聽到了車聲。

這輛車是羅斯本特利跑車。兩個人下車向宅邸走過來，剛到門外，門就開了。阿黛兒．伏特庫嚇一跳，瞪著尼勒警官。

他立刻發現她是非常美麗的女人，剛才他曾為瑪麗．竇夫的批評感到震驚，而現在他終於體會出箇中真義了。阿黛兒．伏特庫的確是個性感尤物。她的身材和特徵跟金髮的柯芬農小姐相似，但是柯芬農小姐外貌迷人，心性端莊；阿黛兒．伏特庫卻從裡到外充滿魔力。她的魅力是明顯的，不是隱微的，等於向每個男人說：「這就是我，我是女人。」她的每一個動作、每一口氣息都含著性感，但她的眼睛有種精明算計的意味。他暗想，阿黛兒．伏特庫喜歡男人……不過她永遠更愛鈔票。

他接著打量她後面那個替她背球棍的身影。這種人他知之甚詳。他們專門迎合闊老頭的少妻。他大概就是維恩．杜博斯吧，他具有一種勉力而為的男子氣概，但事實可能並非如此。他是那種「了解」女性的男人。

「伏特庫太太？」

「是的。」她的藍眸子睜得很大。「我不知道……」

「我是尼勒警官，恐怕有壞消息要告訴你。」

「你意思是說，竊案之類的？」

「不，不是那種事情。和你丈夫有關，他今天早上嚴重發病。」

「雷克斯？生病了？」

「我們從早上十一點半就一直想跟你聯絡。」

「他在什麼地方？這裡？還是醫院？」

「他被送到聖猶大醫院。你大概得準備面對一個打擊。」

「你該不是說……他該不是……死了吧？」

她身子微微向前倒，抓住他的手臂。尼勒警官覺得那有點像舞台上的表演。他連忙扶她走進門廳。康普熱心地在附近徘徊。

「她需要白蘭地。」他說。

杜博斯先生以低沉的嗓音說：「對，康普，去拿白蘭地。」又對警官說：「進來吧。」

他打開左邊的一扇門，大夥兒一一走進去。先是警官和阿黛兒・伏特庫，然後是維恩・杜博斯，康普則端著圓酒瓶和兩個杯子殿後。

阿黛兒・伏特庫跌坐在一張安樂椅上，一手蒙著眼睛。警官遞上酒杯，她啜了一小口就推開了。

「我不要喝，我沒什麼。告訴我怎麼回事？我猜是中風吧？可憐的雷克斯。」

「不是中風，伏特庫太太。」

「你說你是警官？」問話的是杜博斯先生。

尼勒轉向他，和藹地說道：「對，刑事調查部的尼勒警官。」

他發現對方的黑眼睛浮現一些警戒的光芒。杜博斯先生不喜歡有刑事調查部的警官出現，他一點都不喜歡。

「怎麼回事？有什麼不對……呃？」

他不自覺向門口倒退一兩步。尼勒警官注意到這個動作。

他對伏特庫太太說：「恐怕得做些調查。」

「調查？你是說……你是什麼意思？」

他說話的口吻很圓滑。

「伏特庫太太，恐怕要煩擾你了。我們必須盡快查明伏特庫先生今天早晨上班前吃了或喝了什麼。」

「你是說他可能是中毒？」

「是的，似乎如此。」

「我不相信。噢……你是指食物中毒。」

說到最後幾個字，她嗓子低了半音階。尼勒警官面無表情，但聲音仍舊很順耳，他說：「夫人，那你以為我是指什麼？」

她不理會這個問題，匆匆往下說：「可是我們都沒出毛病啊，我們大家。」

「你能代表家裡所有的人說話嗎？」

「噢，不……當然，我不能。」

杜博斯特意看看手錶說：「阿黛兒，我得回去了，真抱歉。你不會有事吧？我意思是說，家裡有女僕和竇夫小姐，還有……」

「噢，維恩，別走，別走。」

她嗓音帶著哭調，對杜博斯倒有了相反的效果，他加速退開。

「抱歉，乖女孩，我有個重要約會。對了，警官，我下榻於高爾夫旅館。如果你……有事要找我……」

尼勒警官點點頭。他無意扣留杜博斯先生，但是他知道杜博斯先生告辭的含義。杜博斯想躲開麻煩。

阿黛兒．伏特庫勇敢地面對現實說：「回來發現家裡有警察，真叫人震驚。」

「我想也是。不過你知道，我們必須立刻行動，取得重要的食物、咖啡、茶葉等樣本。」

「茶和咖啡？它們不會有毒吧？我猜是那些可怕的培根，它們有時候簡直難以下嚥。」

「我們會查出來的，伏特庫太太，別擔心。有些事情真叫人想不到。我們辦過一個指頂花的中毒案。原來他們誤摘了指頂花的葉子，以為是山葵。」

「你認為這裡也可能發生了這種事？」

「伏特庫太太，我們得驗過屍才知道。」

「驗……噢，我明白了。」

她打了個寒噤。

警官繼續說：「夫人，你們家四周有很多紫杉，對吧？我想，可不可能是紫杉果或葉子拌在什麼東西裡面了？」

他密切打量她。她瞪著他瞧。

「紫杉果？它們有沒有毒？」

她的眼睛好像睜得太大了一點，問的話也太天真了。

「曾經有小孩誤食，導致不幸的結局。」

阿黛兒雙手抱頭。

「再談下去我會受不了。我們非談不可嗎？我要去躺一躺，我實在受不了啦。柏西瓦・伏特庫先生會安排一切……我不能，我不能……不要問我。」

「我們正想辦法和柏西瓦・伏特庫先生聯絡。他不巧到英格蘭北部去了。」

「噢，是的，我忘了。」

「我只問一件事，伏特庫太太。你丈夫的口袋裡有一些穀粒，你能略做解釋嗎？」

她搖搖頭，似乎很困惑。

「會不會是誰開玩笑偷放進去的？」他問。

「我看不出這有什麼好玩的。」

尼勒警官也看不出。他說：「我暫時不打擾你了，伏特庫太太。要不要我叫一個女僕去陪你？還是竇夫小姐？」

「什麼？」

她說話心不在焉，他不知道她在想什麼。

她伸手摸皮包，掏出一條手帕，嗓門直發抖。

她顫聲說：「真可怕，現在我漸漸體會出來了，剛才我的感覺一直很遲鈍。可憐的雷克斯，可憐的雷克斯親親。」

她哭泣的樣子很像是真的。

尼勒警官肅然地看了她一會兒。

他說：「事情來得太突然，我知道。我派個人來陪你。」

他走向門口，開門出去，停了半晌才回頭往裡面瞧。

阿黛兒．伏特庫還用手帕遮著眼睛。手帕末端往下垂，但是沒蓋住她的嘴角。

她唇邊正掛著一抹微笑。

／08

海依巡佐報告說：「長官，找得到的東西我都找來了。橘子醬、一截火腿、茶葉、咖啡和糖的樣本。當然啦，原來的茶水已經倒掉了。不過有一點，咖啡剩很多，但僕人廳的人已把它當作午前茶點喝掉了……我看這一點很重要。」

「是的，很重要，可見他若是喝咖啡中毒，毒藥一定是偷放在杯子裡。」

「由在場的人下手。我曾小心查問過紫杉的事……它的漿果或葉子什麼的，沒有人在屋裡或屋外看到那種東西。也沒有人知道他口袋怎麼會有麥子……他們只覺得可笑。我也覺得可笑。他似乎不是那種食物戀癖狂……只要沒煮過的東西，他們統統吃。我妹夫就是那樣，生胡蘿蔔、生豌豆、生大頭菜，樣樣都好，可是連他也不吃生穀粒哩。嗯，吃下去胃腸一定脹得難受。」

電話鈴響了，警官點點頭，海依巡佐跑過去接。尼勒跟在後面，發現是總部打來的。他們已經和柏西瓦．伏特庫先生聯絡上了，他馬上趕回倫敦。

警官放下電話的時候，一輛車駛近前門。康普走到門口，把門打開。站在門外的女人手上抱著一大堆包裹。康普伸手去接。

「多謝，康普。替我付計程車錢好嗎？我現在要喝茶。伏特庫太太或艾琳小姐在不在家？」

僕役長猶豫不決地回頭望。

「我們接到壞消息。跟男主人有關。」

「和伏特庫先生有關？」

尼勒走上前去。康普說：「先生，這位是柏西瓦夫人。」

「怎麼回事？出了什麼事？發生意外嗎？」

警官一面回答，一面打量她。柏西瓦．伏特庫太太是個嘴角帶著怨氣的胖婦人。他判斷她年約三十歲左右。她問話時熱切極了。他忽然覺得她平時一定很煩悶。

「我很遺憾，伏特庫先生今天早晨重病送往聖猶大醫院，已經死了。」

「死了？你說他死了？」這個消息顯然比她想像的更聳人聽聞。「老天……真意外。我丈夫不在，你得跟他聯絡。他在北部的什麼地方，我敢說辦公室的人一定知道。他得照料一切。事情總是在最不巧的時候發生，對吧？」

她停頓片刻，腦子裡轉著一些念頭。她說：「不知道他們要在哪裡辦喪事。大概在這裡吧。還是在倫敦？」

「這要由家屬決定。」

「當然。我只是想知道罷了。」她這才第一次注意到和她說話的人。她問道：「你是公司辦公室來的？你不是醫生吧？」

「我是警官。伏特庫先生死得很突然……」

她打斷他的話。

「你是說他被人謀害？」

這是第一次有人說出這個字眼。尼勒仔細觀察她那熱切質疑的面孔。

「你為什麼這樣想呢，夫人？」

「噢，偶爾會有人被殺呀。你說死得突然，而且你是警察。你見過她嗎？她說什麼？」

「我不大懂你指的是誰？」

「當然是阿黛兒嘛。我常常跟瓦爾說，他父親娶一個年紀差這麼多的太太，簡直是發瘋了。世間最笨的莫過於老傻瓜。他被那個可怕的女人迷住了。看現在搞出什麼結果……我們都會捲進偌大的麻煩，照片會上報，記者會跑來。」

她暫時停嘴，顯然正幻想著未來一連串多采多姿的畫面。他暗想，那種景象未必不討人喜歡哩。她回頭對著他。

「是什麼？砒霜嗎？」

尼勒警官以壓抑的口吻說：「死因尚未確定，因而要驗屍和調查。」

「不過你已經知道了，對吧？否則你不會來這兒。」她那張蠢蠢的胖臉突然顯出一絲精明相。「我猜你是來打聽他吃的和喝的東西吧？昨天的晚餐，今天的早餐，當然還有一切飲料。」

他猜想她正在腦子裡列出各種可能性。他小心翼翼地說：「伏特庫先生的病可能是早餐吃了某樣東西引起的。」

她似乎很意外。

「早餐？這就難了。我看不出怎麼會……」她閉嘴搖搖頭。「我看不出她怎麼下手……除非她在咖啡裡偷放什麼，趁艾琳和我不注意的時候……」

有個冷靜的嗓音在他們身邊說：「瓦爾夫人，你的茶已經端進書房了。」

瓦爾太太跳起來。

「噢，謝謝你，竇夫小姐。是的，我不妨喝杯茶。我真的感覺很累。你呢，先生……」

「謝謝你，我現在不喝。」

那胖胖的身軀躊躇一會就慢慢走開了。

她由門口消失後，瑪麗．竇夫柔聲說：「我想她一輩子沒聽過『苗條』這字眼。」

尼勒警官沒答腔。

瑪麗．竇夫又說：「有什麼事要我幫忙嗎？」

「我在什麼地方能找到家務女僕愛倫？」

「我帶你去找她。她剛剛上樓。」

§

愛倫表情陰森森的，但毫無懼色。她那尖酸的老臉得意洋洋地望著警官。

「警官，這件事真叫人震驚。我從來沒想到我幫傭的人家會出這種事。不過說來也不算意外。我早該遞上辭呈了，這是事實。我不喜歡這家人說的話，我不喜歡他們喝那麼多酒，我不贊成那種醜事。我對康普太太沒有反感，但康普和葛萊蒂那丫頭簡直不懂得什麼叫上菜。不過，我最看不慣的是醜事。」

「你是指什麼醜事？」

「如果你還不知道，早晚也會聽到。這一帶早就議論紛紛。到處有人看見他們。藉口說要去打高爾夫球或網球……我在這棟房子裡『親眼』看過一場好戲。書房的門開著，他們在那邊摟抱親嘴。」

這老處女惡毒極了。尼勒覺得不必問「你是說誰」，但他還是照問不誤。

「我是說誰？女主人……和那個男人嘛。他們一點羞恥心都沒有。不過我告訴你，男主人知道了，曾經派人監視他們。離婚，一定是這麼收場的。結果卻出了這件事。」

「你這麼說，意思是……」

「警官，你不是在問男主人吃什麼、喝什麼、誰給他吃的？警官，我會說，他們是共謀。他從哪個地方弄來毒藥，由她弄給男主人吃，就是這樣，我敢確定。」

「你有沒有在屋裡見過紫杉果，或者看到它們被扔在某一處？」

她那對小眼睛發出好奇的光芒。

「紫杉？下流的毒物。小時候我媽對我說過，千萬別碰那些漿果。警官，凶手就是用那種東西下手的？」

「我們還不知道用的是什麼。」

愛倫似乎很失望。

「我沒見過她撫弄紫杉。不，從來沒有。」

尼勒問起伏特庫口袋裡發現的麥子，仍是一無所得。

「不，警官，這我不知道。」

他進一步詢問，沒什麼結果。最後他想求見蘭貝東小姐。

愛倫顯得很懷疑。

「我可以問她，但她不肯隨便見人。她是年紀很大的老太婆，你知道，而且有點古怪。」

警官硬要求見，愛倫勉強帶他走進一條長廊，上了幾級短梯，來到一個房間，他認為這兒可能是當作育嬰房用的。

跟著她走的時候，他由走廊的窗子看出去，發現海依巡佐站在紫杉樹旁邊和一個人講話，那人顯然是園丁。

愛倫輕輕敲一扇門，聽見回應，便開門說道：「小姐，有位警察先生想和你說話。」

答案顯然是肯定的，她往後退，示意尼勒進去。

他所置身的那個房間擺滿了家具，擠得不可思議。警官自覺彷彿倒退至愛德華時代甚至維多利亞時代了。煤氣爐旁邊有一張桌子，有位老太婆坐在那邊玩單人橋牌。她是穿紅褐色的衣服，稀疏的白髮滑落在面孔兩側。

她不抬頭，也不停止牌戲，只是焦躁地說：「進來吧，進來吧，請坐。」

這個邀請很難接受，因為每張椅子都擺滿宗教性的小冊子或刊物。

他略微推開沙發上的書刊，蘭貝東小姐厲聲問道：「你對傳教工作有興趣？」

「噢，女士，我恐怕不太有興趣。」

「錯了，你應該感興趣。現代的基督精神就在於此。上星期有個年輕教士從黑暗的非洲來這兒，皮膚和你的帽子一般黑，卻是個真正的基督徒。」

尼勒警官簡直不知道該說什麼好。

老太太又說了一句話，害他窘得很。

「我沒有電話。」

「抱歉，請你再說一遍好嗎？」

「噢，我以為你是來查電話執照，或者類似的蠢文件。好啦，小子，到底是什麼事？」

「蘭貝東小姐，我很遺憾，令妹夫伏特庫先生今天早上突然暴斃身亡。」

蘭貝東小姐繼續玩單人橋牌，心情完全不受影響，只像閒談般地說：「終於抱著傲慢和罪惡的自尊心倒下了。噢，事情總要發生的。」

「這對你不算打擊吧？」

一看就知道不算，可是警官想聽聽她說什麼。

蘭貝東小姐由眼鏡頂端猛看他一眼說：「你的意思若是說我不傷心，那可就說對了。雷克斯．伏特庫是個有罪的人，我一向不喜歡他。」

「他死得很突然……」

老太太表示滿意說：「罪孽深重的人活該如此。」

「他可能是被毒死的……」

警官停下來觀察他這句話的效果。

他似乎沒造成任何效果。蘭貝東小姐只喃喃說道：「紅7在黑8上面。現在我可以上老K了。」

她手上抓著紙牌，發現警官悶聲不響，就停下來說：「好啦，你指望我說什麼？我沒毒死他，你想知道的大概是這一點吧。」

「你知不知道誰可能這麼做？」

老太太厲聲說：「這個問題很不得體。我亡妹的兩個孩子住在這棟房子裡，我不相信含有蘭貝東家族血統的人會犯下謀殺罪。你的意思是指謀殺吧？」

「女士，我沒這麼說。」

「當然是謀殺，有很多人想要殺害雷克斯。他是個沒有節操的人。俗語不是說：『善惡到頭終有報』？」

「你是不是特別想起誰？」

蘭貝東小姐收好了橋牌站起身。她個子挺高的。

「我想你還是走吧。」她說。

她說話不帶怒意，卻有一種冷酷的堅決。

她又說：「你若想聽我的意見，我想，可能是傭人。我覺得那僕役長是個無賴，客廳女僕顯然不正常。晚安。」

尼勒警官乖乖走出去。

了不起的老太婆，什麼話都套不出來。

他下樓來到方形的門廳，突然和一位高高的黑髮女郎正面相對。她穿著溼淋淋的橡皮布雨衣，用好奇又空洞的眼神望著他的臉。

她說：「我剛回來。他們告訴我，說爸……他死了。」

「恐怕是真的。」

她向後伸出手，盲目地尋找支柱。她摸到一個橡木矮櫃，慢慢地僵坐在上頭。

「噢，不，不……」

兩行眼淚慢慢流下她的面頰。

「真可怕。我一直覺得自己討厭他……我以為自己恨他……但不可能如此，否則我就不會在乎了。我確實在乎。」

她坐在那兒，眼睛瞪著前方，淚水又從雙眼流出來，沿著面頰往下淌。

不久她再度開口說話，上氣不接下氣的。

「最可怕的是，這一來樣樣都順利多了。我的意思是說，吉拉德和我現在可以結婚了，我要做什麼都可以。但是我不喜歡是因為這個原因。我不要爸爸死……噢，我不要。噢，爸，爸……」

自從尼勒警官來到紫杉小築，這是他第一次看到有人真心為死者難過，他感到很吃驚。

09

「聽來好像是他太太幹的。」

副局長說，他正專心聽取尼勒警官的報告。

案情的摘要棒極了，很短，但是沒漏掉什麼相關的細節。

副局長說：「是的，看來是他太太幹的。尼勒，你自己認為如何？」

尼勒警官說他也覺得好像是那位妻子幹的。他憤世嫉俗地暗想道，凶手往往是妻子；反過來則是丈夫。

「她有機會。動機呢？」副局長躊躇道，「有動機嗎？」

「哦，長官，我認為有。因為這位杜博斯先生，你知道。」

「你認為他也參與了？」

尼勒警官衡量其可能性。

「不，長官，我不認為如此。他太愛惜生命，不會參加。他也許猜到她的想法，但我想不是他教唆的。」

「是，他很小心，不會這麼做。」

「小心極了。」

「嗯，我們不能隨便下結論，不過這種假設行得通。另外兩個有機會下手的人呢？」

「是死者的女兒和媳婦。女兒跟一個年輕人來往，父親不願她嫁給他。她若沒有錢，他絕不會娶她。這一來她就有了動機。至於媳婦，我不能說什麼，對她還不夠了解。不過她們三人都有可能毒死他，別人反倒不可能。女傭、僕役長和廚師處理過早餐並端進來，但我覺得他們也無法保證塔西因一定是由伏特庫先生服下，而不是別人吃進去……我的意思是說，如果毒物是塔西因的話。」

「是塔西因沒錯，我剛剛收到初步報告。」

尼勒警官說：「那就確定囉？我們可以進行下去。」

「傭人沒問題？」

「僕役長和女傭都顯得很緊張。這沒什麼特別的，司空見慣了。廚子凶巴巴的，家務女僕竊喜不已……事實上，相當自然和正常。」

「此外你不覺得誰可疑？」

「不，我想沒有，長官。」尼勒警官不自覺想到瑪麗・竇夫和那謎樣的笑容。她臉上確實有一股微微的敵意。他說：「既然我們知道是塔西因，應該能查到凶手取得或配製這種毒素的證據。」

「不錯。好，繼續幹吧，尼勒。對了，現在柏西瓦．伏特庫先生在這兒。我和他說過一兩句話，他等著見你。另外一個兒子的行蹤我們也掌握了。他在巴黎的布里斯托旅館，今天離開。我猜你會派人到機場接他吧？」

「是的，長官，我是有打算……」

副局長咯咯笑。

「好，我們現在去見柏西瓦．伏特庫吧。他別名叫『一本正經的柏西瓦』。」

柏西瓦．伏特庫先生年約三十來歲，是個整潔的金髮白膚男子，髮色和眼睫毛的色澤很淺，說話有點學究氣。

「尼勒警官，你不難想像，這對我是個可怕的打擊。」

尼勒警官說：「伏特庫先生，這是一定的。」

「我只能說我前天離家時，家父身體好得很。這次的食物中毒或其他什麼毛病一定是來得很突然吧？」

「很突然，是的。但伏特庫先生，不是食物中毒喔。」

柏西瓦瞠目皺眉。

「不是？難道……」他突然住口。

尼勒警官說：「令尊是被人用塔西因毒死的。」

「塔西因？我從來沒聽過。」

「我想很少人聽過。是一種效果很急遽、劇烈的毒素。」

他皺眉皺得更厲害。

「警官，你是要告訴我，家父被人蓄意毒死？」

「看來如此，是的，先生。」

「真可怕！」

「的確是，伏特庫先生。」

柏西瓦喃喃說道：「現在我了解他們在醫院的態度了……他們叫我來這兒打聽。」他突然住口，隔了一會才說：「葬禮何時可以舉行呢？」他帶著疑問口氣。

「明天驗屍以後開審訊庭。這是正式程序，然後休會，擇期再開。」

「我懂了。通常都如此？」

「是的，先生，現在都如此。」

「我能不能請問你有沒有什麼概念、有沒有懷疑誰……真是的，我……」他又突然停了下來。

「現在還言之過早，伏特庫先生。」尼勒咕噥道。

「是的，我想是的。」

「不過伏特庫先生，你若能告訴我們一點令尊遺囑的內容，對我們必有幫助；或者你不妨讓我和他的律師接觸。」

「他的律師是貝德福廣場的『畢林斯萊、荷史索和瓦特聯合事務所』。至於遺囑，我能約略報告主要的內容。」

「伏特庫先生，那就麻煩你告訴我們。這種例行調查恐怕非進行不可。」

柏西瓦說得很明白。

「兩年前家父再娶時立了新遺囑。家父無條件遺贈十萬英鎊給他太太，五萬英鎊給我妹妹艾琳。其餘的財產由我繼承。當然啦，我已經是公司的股東。」

「沒留任何財產給你弟弟藍斯洛．伏特庫？」

「沒有，家父和我弟弟長期不和。」

尼勒猛看他一眼……柏西瓦對自己的話似乎很有把握。

尼勒警官說：「照遺囑看來，受益人是伏特庫太太、艾琳小姐和你本人？」

「我想我大概受益不多。要交遺產稅，你知道的，警官。而最近家父……算了，我只能說他的某些財務處理很不明智。」

柏西瓦嘆口氣。

「最近你們父子對於業務經營有不同的看法？」尼勒警官以和煦的態度提出這個問題。

「我向他提出我的觀點，可惜……」柏西瓦聳聳肩。

尼勒質問道：「你態度很強硬，對吧？換一個不太客氣的說法，你們曾為此大吵一架，對吧？」

「我可不會這麼說，警官。」柏西瓦的額頭浮出一抹紅暈。

「要不然，伏特庫先生，你們是為別的原因吵架？」

「我們沒吵架，警官。」

「你確定嗎，伏特庫先生？算了，沒關係。你說令尊和你弟弟至今仍未來往？」

「是的。」

「那你能不能告訴我這代表什麼？」

尼勒遞上瑪麗．竇夫筆錄的電報內容。

柏西瓦看了一遍，發出詫異和惱怒的驚呼。他似乎也不相信，而且很生氣。

「我不懂，真的不懂。我簡直無法相信。」

「伏特庫先生，好像是真的喔。你弟弟今天要從巴黎趕來。」

「這件事不尋常，很不尋常。不，我真的想不通。」

「令尊沒跟你提過這件事？」

「根本沒有。他做事真荒唐，背著我召回藍斯洛。」

「我想你不知道他為什麼如此吧？」

「當然不知道。這和他最近的行為相符……像發瘋似的，莫名其妙！必須阻止他不可，我……」

柏西瓦猝然停下來，蒼白的面孔漸漸失去血色。他說：「我忘了……我一時忘記家父已不在人間……」

尼勒搖頭表示同情。

這時，柏西瓦．伏特庫表示要走了，他拿起帽子說：「若有我幫得上忙的地方，儘管找我。不過我想……」他停頓片刻。「你會到紫杉小築來吧？」

「是的，伏特庫先生，此刻我已派了一個人在那邊負責。」

柏西瓦打了個冷顫。

「真不愉快。想想這種事竟發生在我們身上……」

他嘆口氣，走向門口。

「白天我大都在辦公室，那邊有很多事要料理。但是我傍晚會回紫杉小築。」

「是的，先生。」

柏西瓦．伏特庫走出去。

尼勒咕噥道：「一本正經的柏西瓦。」

謙謙虛虛坐在牆邊的海依巡佐抬頭用疑問的口氣說：「長官……」尼勒不答腔。他問道：「長官，你有什麼心得？」

「我不知道。」尼勒說。接著小心引述某人的話說：「他們都是很不討人喜歡的人。」

海依巡佐似乎有點困惑。

尼勒說：「愛麗絲夢遊奇境。海依，你認識你的愛麗絲嗎？」

海依說：「那是一本名著，對吧，長官？第三廣播的節目，我不聽第三廣播的節目。」

／10

飛機剛離開巴黎機場五分鐘左右，藍斯洛．伏特庫打開他手上的歐陸版《每日郵報》。過了一兩分鐘，他驚叫一聲，鄰座的派蒂好奇地轉過頭來。

藍斯洛說：「是老爸。他死了。」

「死了！你爸？」

「是的，他似乎在辦公室突然發病，送往聖猶大醫院，剛送去不久就死了。」

「親愛的，真遺憾。什麼毛病，中風嗎？」

「我猜是吧。看來好像是。」

「他以前有沒有中風過？」

「沒有，就我所知沒有。」

「我想人不會第一次中風就死掉。」

藍斯洛說：「可憐的老爸。我以為自己不怎麼喜歡他，不過現在他死了……」

「你當然是喜歡他的。」

「派蒂，我們的本性不像你這麼好。噢，算了，我的好運似乎跑掉了，對吧？」

「是啊！竟發生這種事，真奇怪，就在你要回家的節骨眼上。」

他猛回頭看她。

「奇怪？派蒂，你說『奇怪』是什麼意思？」

她略帶驚訝看著他。

「噢，一種巧合吧。」

「你是說，只要是我打算做的事都會出問題？」

「不，親愛的，我不是這個意思，不過世上真有霉運存在。」

「是的，我想是有的。」

派蒂又說：「真抱歉。」

他們抵達哈德羅機場，正等著下飛機，一位航空公司的官員以清晰的嗓門叫道：「藍斯洛·伏特庫先生是不是在飛機上？」

「在。」藍斯洛說。

「麻煩你走這邊，伏特庫先生。」

藍斯洛和派蒂跟著那人下飛機，比其他旅客先走。他們經過後座的一對夫婦身旁，聽見男士對他太太說：「我想是聲名狼藉的走私犯，當場被捕。」

§

「不可思議，真不可思議。」

藍斯洛望著桌子對面的警官尼勒。

尼勒點頭表示同情。

「塔西因，紫杉果……這件事活像一齣刺激的通俗劇。警官，我敢說你一定覺得這種事很普通，只是日常工作。不過，下毒事件在我們家族似乎很難想像。」

尼勒警官問道：「那你根本想不出誰會毒死令尊囉？」

「老天，想不出來。我猜老爸在生意上結了不少冤仇，很多人恨不得活生生剝他的皮，打垮他的事業什麼的。至於下毒，反正我不可能知道。我出國很多年，對於家裡的事情所知不多。」

「伏特庫先生，我就是想問你這一點。我聽你哥哥說，你和令尊已多年未有來往。你肯說明你怎麼會在這個時候回家嗎？」

「好的，警官。我曾收到家父的信件。我看看那是多久以前的事了……噢，六個月以前，就在我婚後不久。家父寫信暗示說，他希望往事成為過去。他想要我回家，進公司做事。他說話含含糊糊，我不確定要不要照他的意思去做。結果我八月回英國來……也就是三個月以前，我到紫杉小築去看他，他提出很好的條件。我說我要考慮，而且要跟內人商量。他十分諒解。我飛回東非，和派蒂商量，最後決定接受老爸的建議。我得將那邊的事務做一了結，但我說好在上個月底處理完。我跟家父說我會打電報通知他我返英的日期。」

尼勒警官咳嗽一聲。

「你回來這裡，你哥哥似乎很驚訝。」

藍斯洛突然咧嘴一笑。他那張迷人的面孔泛出淘氣的喜色。他說：「我不認為柏西瓦知道這回事。他當時正好到挪威度假。告訴你，老頭是故意選那個時間。他背著柏西瓦辦事。事實上我懷疑家父是和柏西瓦——叫他瓦爾也可以——吵架了才給我機會。我想瓦爾多多少少想要管老爸，唉，老爸絕對受不了這種事。他們吵些什麼我不知道，反正他氣憤極了。他大概覺得安插我進去，挫挫瓦爾的銳氣也好。他一向不喜歡瓦爾的老婆……說來有點勢利，他對我的婚姻非常滿意。他大概想叫我回家，讓柏西瓦面對既成的事實，玩個大把戲。」

「上回你在紫杉小築逗留多久？」

「噢，至多一兩個鐘頭。他沒留我過夜，我想他存心要背著柏西瓦祕密進行。他甚至不希望僕人報告這件事。我說過啦，最後講好我回去考慮，和派蒂談談，再寫信把我的決定告訴他。我都照辦了。我在信上提到返英的大概日期，昨天又從巴黎拍電報給他。」

尼勒警官點點頭。

「這封電報讓你哥哥非常吃驚。」

「我打賭會的。不過，柏西瓦照例又贏了。我來遲一步。」

尼勒警官若有所思說：「是的，你來遲一步。」然後他又精神勃勃說：「八月回來時，你有沒有碰到家裡其他的人？」

「我繼母在那邊喝茶。」

「你以前沒見過她？」

他突然咧嘴一笑。

「沒有。老頭子真會選女人，她至少比他年輕三十歲。」

「請恕我……令尊再娶，你是不是感到憤慨？你哥哥呢？」

藍斯洛顯得很驚訝。

「我當然不會，我想柏西瓦也不會吧。我們的母親在我們……噢，十或十二歲左右那年就死了。我驚訝的是，老頭怎麼沒早一點再娶。」

尼勒警官咕噥道：「娶一個比自己年輕這麼多的女人真冒險。」

「這話是不是我哥對你說的？他就是這樣。柏西瓦最擅長暗示藝術。警官，案情是否果真如此？我的繼母是否有毒害家父的嫌疑？」

尼勒警官面無表情。他和氣地說：「伏特庫先生，現在還不能確定什麼。嗯，請問你目前有什麼計畫？」

藍斯洛想了想說：「計畫？我想我必須改訂新計畫了。我的家屬在什麼地方？都在紫杉小築？」

「是的。」

「我還是馬上趕去好了。」他轉向他太太。「派蒂，你最好找家旅館住下來。」

她連忙抗議。

「不，不，藍斯洛，我要跟你走。」

「不，親愛的。」

「我要去嘛。」

「真的，我想你還是不要去比較好。你不妨下榻在……巴尼斯旅館，噢，我已經好久沒在倫敦逗留了。以前巴尼斯旅館是很優美安靜的地方。我想它還在營業吧？」

「噢，是的，伏特庫先生。」

「對，派蒂，那邊若有房間，我把你安頓在那兒，然後我再去紫杉小築。」

「為什麼我不能和你去呢，藍斯洛？」

藍斯洛的面孔突然顯得陰森森的。

「坦白說，派蒂，我不敢確定大家歡不歡迎我。是爸請我回來的，可是爸死了。我不知道現在那個地方屬於誰。我想是柏西瓦，不然就是阿黛兒。總之，我要先看看人家怎麼接待我，再帶你去。何況……」

「何況什麼？」

「我不想帶你到一個有下毒者逍遙法外的住宅去。」

「噢，胡扯。」

藍斯洛堅決地說：「派蒂，事關你的安危，我不願冒險。」

11

杜博斯先生惱火了。他氣沖沖地把阿黛兒・伏特庫的信攔腰撕掉，丟進廢紙簍。接著他忽然慎重起來，又找出紙片，點根火柴燒成灰。他低聲咕噥道：「女人為什麼天殺的這麼笨？連最起碼的謹慎……」

杜博斯先生鬱鬱沉思道，女人從來就不懂得小心。雖然他因此而獲益良多，可是這次他惱火了。他自己採取了每一種預防措施。如果伏特庫太太打電話來，他吩咐人家說他不在。阿黛兒・伏特庫已經打給他三次了，現在她居然寫信來。大體上，寫信更糟糕。他沉思一會兒，走到電話邊。

「請問我能不能跟伏特庫太太講話？是的，我是杜博斯先生。」

一兩分鐘後，他聽到她的聲音。

「維恩，終於找到你了！」

「是，是，阿黛兒，要小心。你在哪兒接電話？」

「書房。」

「門廳裡沒有人偷聽吧？」

「他們為什麼要偷聽？」

「唉，這誰知道呢。屋裡屋外是不是還有警察？」

「不，他們暫時走了。噢，維恩親愛的，真可怕。」

「是，是，我相信一定是的。不過阿黛兒，我們必須小心。」

「噢，當然，親愛的。」

「電話裡別叫我『親愛的』，這樣不安全。」

「維恩，你未免太驚慌了吧？現在大家見面都叫『親愛的』啊。」

「是，是，這話說得沒錯。不過你聽著，別打電話給我，也別寫信……」

「不過維恩……」

「只是暫時如此，你明白。我們必須小心。」

「噢，好吧。」一聽她的口氣好像生氣了。

「阿黛兒，聽著。我給你的信，你燒掉了吧？」

阿黛兒・伏特庫遲疑片刻才說：「當然。我跟你說過我會燒的。」

「那就好。現在我要掛斷了。別打電話，也別寫信，我會在恰當的時機給你消息。」

他把話筒放回掛座上，若有所思地摸摸臉頰，覺得對方那片刻的遲疑很不對勁。阿黛兒燒了他的信沒有？女人都一樣。她們答應會燒東西，卻總是捨不得燒。

杜博斯先生暗想，信件……女人老是要你寫信給她們。他自己已盡量小心，可是人有時候就是逃不掉。他給阿黛兒．伏特庫的寥寥幾封信寫了些什麼？他悶沉沉想道，都是尋常的閒話吧。不過萬一有特殊的字眼、特殊的措辭，讓警方扭曲而解釋成他們所要的意思呢？他憶起艾迪斯．湯普森案。他私忖自己的信純潔得很，卻又不敢全然確定。他愈來愈不安。就算阿黛兒還沒燒掉他的信，現在她到底有沒有概念要把它燒掉？也許警方已經拿去了？他不知道她放在哪兒，也許放在樓上她專用的客廳……可能在那張花稍的小寫字檯裡。那是仿路易十四年代的假古物。以前她曾告訴他，那兒有個祕密抽屜。祕密抽屜！這可騙不了警察。不過她說了現在屋裡屋外都沒有警察。早上他們在那邊，如今都走了。

先前他們大概忙著檢查食物中的毒素來源。但願他們還沒有逐室搜查房屋。也許他們得申請或取得搜索狀才能這麼做。如果他現在立即行動，可能……

他腦中清晰浮出房子的畫面。天快黑了，茶點將端入圖書室或客廳。人人都聚集在樓下，僕傭則在僕人廳喝茶。二樓一定沒有人。穿過花園，沿著遮蔽效果甚佳的紫杉樹籬走過去很簡單。有一扇小側門通到大露台，不到就寢時刻從來不上鎖，可以從那邊溜進去，選擇恰當的時機溜上樓。

杜博斯深知自己非採取行動不可。如果伏特庫的死因斷定出來是比較說得過去的中風或心臟病發作，那情況當然就不同了。話雖如此，「還是小心為上。」他低喃道。

§

瑪麗．竇夫慢慢走下大樓梯，在半路梯台的窗口停頓片刻，昨天她曾在此看見尼勒警官抵達。現在她眺望窗外漸暗的日光，發現有個男人的身影繞過紫杉樹籬消失了。她懷疑是浪子藍斯洛．伏特庫。說不定他在大門口遣走汽車，自己繞著花園漫步，先回憶舊日時光，再來應付可能滿懷敵意的家人。瑪麗．竇夫很同情藍斯洛。她唇邊掛著微笑走下樓。到了門廳，她碰見葛萊蒂，小丫頭看到她，緊張兮兮跳起來。

瑪麗問道：「我剛才聽到的電話就是這一通嗎？誰呀？」

葛萊蒂說話透不過氣來，顯得很倉卒。

「噢，撥錯號碼了……以為我們是洗衣店。前面那通是杜博斯先生，他要和女主人說話。」

「我明白了。」

瑪麗橫越門廳，回頭說：「喝茶的時間到了。你還沒端出來嗎？」

葛萊蒂說：「小姐，我想四點半還沒到吧？」

「都四點四十了。現在端進來吧。」

瑪麗・竇夫走進圖書室，阿黛兒・伏特庫坐在沙發上，眼睛瞪著爐火，小手指拎著一條花邊小手帕。阿黛兒煩悶地說：「茶呢？」

瑪麗・竇夫說：「正要送進來。」

一根木頭掉出壁爐外，瑪麗・竇夫跪在爐格邊，用火鉗將它放好，又加了一塊木頭和少許煤炭。

葛萊蒂走進廚房，康普太太正在烹飪桌上調一大缽糕餅的麵皮，她抬起憤怒的紅臉。

「圖書室的電鈴響了又響。丫頭，你該端茶點進去了。」

「好啦，好啦，康普太太。」

康普太太咕噥道：「我今天晚上會跟康普說，我要跟他告狀。」

葛萊蒂走入餐具室。她沒有切三明治。哼，她偏不切三明治。沒有三明治，他們可以吃的東西仍舊多得很，對吧？兩個蛋糕，加上餅乾、圓麵包和蜂蜜，還有新鮮的黑市牛油。用不著她費心再去切番茄或肥肝三明治，就已經夠豐盛了。她有別的事情要想。康普先生今天下午外出，所以康普太太的脾氣很大。咦，今天是他的休假日，對吧？葛萊蒂想，他也沒有錯嘛。

康普太太由廚房叫道：「水開了半天，壺蓋都掀掉了。你到底泡不泡茶？」

「來囉。」

她抓了一把茶葉，量都不量就放進大銀壺，提到廚房，把滾水倒進去，又在銀質大托盤上擺好茶壺和水壺，整個端進圖書室，放在沙發附近的小茶几上。她匆匆回來端另一個放點心的托盤，端著點心盤走到門廳，老爺鐘突然軋軋響，準備要敲了，她猛然跳了一下。

在圖書室裡，阿黛兒．伏特庫正對瑪麗．竇夫發牢騷。

「今天下午大家都到哪兒去了？」

「我真的不知道，伏特庫太太。伏特庫小姐剛才回來了。我想柏西瓦夫人正在房間裡寫信。」

阿黛兒使性子說：「寫信，寫信，那個女人一天到晚寫信。她那一階層的人就是這樣，喜歡死亡和災禍。真殘忍，我要這麼說，百分之百殘忍。」

瑪麗圓滑地低語道：「我去告訴她茶點準備好了。」

她走向門口，艾琳．伏特庫剛好踏入房間，她略微退後一步。艾琳說：「好冷。」說完她就坐在火爐邊，對著烈焰搓搓手。

瑪麗在門廳站了一會兒。擺糕餅的大托盤放在一張矮櫃上。門廳漸暗，瑪麗扭開電燈。此時她依稀聽見珍妮佛．伏特庫沿著樓上的長廊走過來。可是沒有人下樓，於是瑪麗上了樓梯，順著長廊走過去。

柏西瓦．伏特庫和他太太住在房子的側廂，門戶獨立。瑪麗敲敲客廳的門。柏西瓦太太喜歡人家敲門，康普對此頗不以為然。她精神勃勃地說：「進來。」

瑪麗開門低聲說：「柏西瓦夫人，茶點端來了。」

她看見珍妮佛．伏特庫穿著外出服，相當驚訝。珍妮佛正要卸除一件駱駝毛大衣。

「我不知道你出去過。」瑪麗說。

柏西瓦太太似乎有點氣喘。

「噢，我只是到花園罷了……去吸一點新鮮的空氣。不過天氣真冷，我樂於下樓去烤烤火。這兒的中央暖氣效果不佳。竇夫小姐，得有人和園丁們談談。」

「我會的。」瑪麗答應道。

珍妮佛．伏特庫把大衣放在椅子上，跟瑪麗走出房間。她比瑪麗先下樓，瑪麗略微後退，讓她先走。到了門廳，瑪麗發現點心盤還在那兒，覺得很意外。她正要去餐具室叫葛萊蒂，阿黛兒．伏特庫來到圖書室門口，氣沖沖說：「我們喝茶到底有沒有點心可配？」

瑪麗連忙端起托盤，拿進圖書室，將各種東西陳列在壁爐附近的矮几上。她拿空托盤出來，走到門廳，前門電鈴響了。瑪麗放下托盤，親自去開門。如果浪子終於回家，她真想看看他的樣子。瑪麗開了門，望見對方黑黑瘦瘦的面孔和挖苦般的笑容，暗想道，真不像伏特庫家的人。她靜靜地說：「是藍斯洛．伏特庫先生？」

「正是。」

瑪麗看看他的背後。

「你的行李呢？」

「我付了錢，把計程車打發走了。我只帶這一件行李。」

他拎起一個中型的拉鍊手提袋。瑪麗內心略感驚訝，她說：「噢，你乘計程車，我以為你是走上來的。尊夫人呢？」

藍斯洛的面孔露出苦相說：「內人不來，至少現在還不來。」

「我明白了，伏特庫先生，請走這邊。大家都在圖書室喝茶。」

她帶他到圖書室門口，然後逕自走開，心想藍斯洛．伏特庫真迷人，接著另一個念頭浮上心坎……也許很多女人都這麼想過。

「藍斯洛！」

艾琳匆匆朝他走來，伸手摟住他的脖子，像小女生般縱情擁抱他，藍斯洛感到很詫異。

「嘿，我回來啦。」

他輕輕掙脫了束縛。

「這位是珍妮佛吧？」

珍妮佛．伏特庫好奇地打量他。她說：「瓦爾恐怕還留在城裡，有好多事情要辦，你知道，做各種安排之類的。一切事務都落在瓦爾身上，凡事都由他負責。你一定想不出我們大家正在受什麼罪。」

藍斯洛正色說：「你們一定覺得很可怕。」

他轉向沙發上的女人，她手拿蜂蜜麵包坐著，正靜靜衡量他。

珍妮佛嚷道：「你不認識阿黛兒吧？」

藍斯洛抓起阿黛兒的手低聲說：「噢，我認識。」

他俯視她的時候，她的眼皮顫動了幾下。她放下左手拿著的麵包，摸一摸頭髮。這是女人味十足的姿態，表示她接受一位迷人的男子進入。她以濃濁柔美的聲音說：「藍斯洛，坐在我旁邊的沙發上。」她倒了一杯茶給他，又說：「真高興你趕來了。我們家很需要再來個男人。」

藍斯洛說：「你務必讓我盡力幫忙。」

「你知道……也許你不知道，我們這邊有警察。他們認為……他們認為……」她突然住口，熱烈狂呼道：「噢，可怕！真可怕！」

藍斯洛一本正經，表示同情。

「我知道，他們還到倫敦機場去接我哩。」

「警察去接你？」

「是的。」

「他們說什麼？」

藍斯洛悻悻然說：「噢，他們把事情的經過告訴我。」

阿黛兒說：「他是被人毒死的……他們這麼想，他們這麼說。不是食物中毒，是有人下毒。我相信，我真的相信，他們認為凶手是我們之中的某個人。」

藍斯洛突然對她笑一笑，安慰說：「這是他們的障眼法。我們不必擔心。好棒的茶！我很久沒喝過英國好茶了。」

其他人很快就感染到他的心境。阿黛兒突然說：「你太太……藍斯洛，你不是有太太嗎？」

「我有太太，沒錯，她在倫敦。」

「你何不……你為何不帶她來這兒？」

藍斯洛說：「以後時間多得是。派蒂……嗯，派蒂在那邊挺好的。」

艾琳厲聲說：「你該不是說，你該不會想要……」

藍斯洛連忙說：「多麼秀色可餐的巧克力蛋糕，我得吃一點。」

他切了一片問道：「愛菲姨媽是否還健在？」

「噢，是的，藍斯洛。她不下樓陪我們吃飯或做任何事情，但她的身體還好。只是變得很古怪。」

藍斯洛說：「她向來古怪。喝完茶我得上去看她。」

珍妮佛．伏特庫咕噥道：「以她的年紀，我們真覺得她該住進收容所了。我意思是說，在那裡她可以得到妥善的照顧。」

藍斯洛說：「上帝保佑肯接納愛菲姨媽的收容所。」又說：「替我開門的那位古板小姐是誰？」

阿黛兒顯得很驚訝。

「不是康普開的門？那個僕役長？噢，不，我忘了，今天輪到他休假。但葛萊蒂……」

藍斯洛略做描述。

「藍眼睛，頭髮中分，聲音輕輕的，奶油放在口中都化不了。這種性格是何原因造成，我可就不知道了。」

珍妮佛說：「那一定是瑪麗．賓夫。」

艾琳說：「她等於替我們管家。」

「真的？」

阿黛兒說：「她真的很管用。」

藍斯洛若有所思說：「是的，我想她大概如此。」

珍妮佛說：「她的好處是守本分。從來不放肆，你知道我的意思吧。」

藍斯洛說：「好個聰明的瑪麗．賓夫。」

說完又拿一塊巧克力蛋糕來吃。

12

「你又陰魂不散地出現啦。」蘭貝東小姐說。

藍斯洛向她咧咧嘴。

「愛菲姨媽，你說得沒錯。」

蘭貝東小姐嗤之以鼻。

「哼！你可選對了時機。你爸昨天被人害死，警察滿屋子搜查，連垃圾箱都去挖。我由窗口看見了。」她停下來，用鼻子吸吸氣又問道：「帶你太太來了？」

「沒有，我把派蒂留在倫敦。」

「算你還有點腦筋。我如果是你，絕不帶她上這兒來。誰知道會出什麼事。」

「她會出事？派蒂會出事？」

「任何人都有可能出事。」蘭貝東小姐說。

藍斯洛．伏特庫若有所思地望著她。

他問道：「愛菲姨媽，你對這件事有什麼看法？」

蘭貝東小姐不直接回答。

「昨天有位警官來這兒盤問我，他沒問出什麼結果。可是他不像外表看來那麼笨喔，才不哩。」她憤憤然說，「你外公地下有知，曉得這棟屋子來了警察，會有什麼感想呢？他在墳墓裡都不得安心。他終身是普里茅斯教友會的弟兄，有次發現我晚上參加英國國教的禮拜式，呵，可不得了！我相信比起謀殺，那種事根本無傷大雅。」

平日藍斯洛聽見這種話一定會露出笑容，可是現在他黑黑的長臉依舊很嚴肅。他說：「你知道，我走了這麼久，什麼都不清楚。最近這兒發生過什麼事？」

蘭貝東小姐抬眼看天。她堅定地說：「褻瀆神明的壞事。」

「是，是，愛菲姨媽，你說來說去都是這種話。不過警方憑什麼認為爸是在這棟房子裡被殺的？」

蘭貝東小姐說：「通姦是一回事，謀殺是另外一回事，我不該懷疑她，真的不應該。」

藍斯洛很機警，他問道：「阿黛兒？」

「我的嘴巴封住了，不能講話。」蘭貝東小姐說。

藍斯洛說：「少來了，老姨媽，這個說法很可愛，卻沒什麼意義。阿黛兒有男朋友？阿黛兒和男朋友串通在他的早餐裡放毒茄。是不是如此？」

「請你不要開玩笑。」

「你明知我不是開玩笑。」

蘭貝東小姐突然說：「我告訴你一件事。我相信那個女孩子略有所知。」

「哪個女孩子？」藍斯洛很驚訝。

蘭貝東小姐說：「那個鼻子呼呼響的女孩子。今天下午她本該端茶上來給我，卻沒有端來。聽說她沒告假就出去了。如果她去找警察，我不會吃驚。誰替你開的門？」

「一個名叫瑪麗・竇夫的女人。看來很溫順……其實不見得。是她去找警察的嗎？」

蘭貝東小姐說：「她不會去找警察。不，我是指那個蠢兮兮的小女僕。她整天像隻兔子動來動去，亂蹦亂跳。我說：『你怎麼啦？你是不是良心不安？』她說：『我什麼都沒做……我不會做那種事。』我對她說：『但願你沒有。不過你有煩惱，對吧？』於是她鼻子發出聲音，說她不想害人惹上麻煩，她相信一定是她弄錯了。我說：『聽著，小女孩，你說實話，什麼都別怕。』我是這麼說的。我說：『你去找警察，把你知道的事全都告訴他們，因為蒙蔽實情沒有好結果，無論多麼不愉快的事都不該隱瞞。』後來她胡扯一通，說她不能去找警察，說他們絕不會相信她，而且她能說什麼呢？最後她說她什麼都不知道。」

藍斯洛猶豫了一下說：「你不認為她只是想引人注意？」

「不，我不認為。我想她嚇壞了。她可能看到或聽到什麼，因而對事情略有所知。那件事可能重要，也可能一點都不重要。」

「你不認為她可能是懷恨我爸，然後……」藍斯洛遲疑不說。

蘭貝東小姐斷然搖搖頭。

「你爸絕不會注意她這種女孩子。可憐的小女孩，沒有男人會注意她。啊！算了，我敢說，這樣對她的靈魂反而有好處。」

藍斯洛對葛萊蒂的靈魂不感興趣，他問道：「你認為她會去警察局嗎？」

愛菲姨媽拚命點頭。

「是的，我想她大概不願意在這棟房子裡和他們說什麼，免得有人聽見。」

藍斯洛問道：「你認為她可能看見某人在食物裡動手腳？」

愛菲姨媽猛瞧他一眼。

「有可能，不是嗎？」她說。

「是的，我想是的。」然後他又說：「這件事從頭到尾都不合常情，活像偵探小說。」

「柏西瓦太太是醫院的護士。」蘭貝東小姐說。

這句話好像和前面的話題毫不相干，藍斯洛大惑不解地望著她。

蘭貝東小姐說：「醫院的護士擅長用藥。」

藍斯洛似乎很懷疑。

「這種玩意兒……塔西因，可曾用於治療？」

蘭貝東小姐說：「聽說是從紫杉果裡榨出來的。小孩偶爾誤食紫杉果，會病得很重。我記得小時候的一件病例，一直印象很深，永遠忘不了。記憶中的事情有時候很管用。」

藍斯洛猛然抬頭瞪著她。

蘭貝東小姐說：「親情是很重要，我想我對親人的感情比誰都來得深。可是我不支持邪惡的行為，惡行一定要摧毀。」

§

康普太太正在板子上擀麵糊，她抬起憤怒的紅臉說：「不跟我說一聲就出去！偷偷溜出門，沒向任何人透露一聲。狡猾，就是那麼回事，狡猾！怕人家阻止她，我若逮到她，一定會阻止她！想想看！男主人死了，藍斯洛先生好多年沒回家，現在回來了。我對康普說：『管它休假不休假，我知道自己的責任。今天晚上不能像平常的禮拜四一樣吃冷食，要吃正式的晚餐。一位紳士從外國帶妻子回來——人家可是嫁過貴族的——我們樣樣都得做得不失禮節。』小姐，你知道我的個性，你知道我以工作為榮。」

瑪麗・竇夫聽著她吐露心聲，輕輕點頭。

然後，康普太太氣沖沖抬高嗓門。

「但康普說什麼來著？他說：『今天我放假，我就要出去。貴族有什麼了不起。』康普，他不以工作為榮。所以他走了，我告訴葛萊蒂今天晚上她必須自己張羅。她只說：『好吧，康普太太。』沒想到我一轉身，她就溜了！今天又不是她的休假日，星期五才是。現在我們要怎麼辦，我可不知道！幸虧藍斯洛先生今天沒帶他太太回來。」

瑪麗的口吻含著安慰意味，但又頗具權威。

「我們會有辦法的，康普太太，只要把菜單簡化些就行了。」她提出幾點建議，康普太太勉強順從。最後瑪麗說：「那樣我就可以輕輕鬆鬆地上菜侍餐。」

康普太太似乎有點懷疑。

「小姐，你是說，你要親自伺候用餐？」

「如果葛萊蒂到時候沒趕回來的話。」

康普太太說：「她不會回來的。她陪男孩子逛街，到商店花錢去了。小姐，你知道，她有男朋友喔，看她那樣子真想不到。他名叫亞伯特。他們明年春天要結婚，她告訴我的。這些女孩子不曉得婚姻的滋味，她不知道我跟康普經歷過什麼。」她嘆口氣，然後改用正常口吻說：「小姐，茶點怎麼辦？誰來收拾和洗滌？」

瑪麗說：「我來吧。我現在就去。」

阿黛兒．伏特庫還坐在沙發上，前面擺著茶托，但小客廳的電燈並沒有打開。

瑪麗問道：「伏特庫太太，我開燈好嗎？」

阿黛兒沒答腔。

瑪麗扭開電燈，走到對面的窗口把窗簾拉開。這時候她回頭，看見軟軟垂在沙發上的那位婦人的面孔。她身邊有一塊塗了蜂蜜、吃到一半的麵包，茶杯也是半滿的。

阿黛兒．伏特庫突然暴斃了。

§

尼勒警官焦急地問道：「是怎麼回事？」

醫生立即說：「茶裡有氰化物，可能是氰化鉀。」

尼勒低喃道：「氰化物……」

醫生有點好奇地望著他。

「你好像不大相信。有沒有特殊的理由……」

「我們原先懷疑她是凶手。」尼勒說。

「結果她卻成了受害人？嗯，你得重新思考了，對吧？」

尼勒點點頭。他的表情苦澀，下巴繃得很緊。

下毒！就在他的眼皮之下。在雷克斯．伏特庫的早餐咖啡裡放塔西因，在阿黛兒．伏特庫的茶裡放氰化物。仍是發生在家庭生活中的事件，至少看來如此。

阿黛兒．伏特庫、珍妮佛．伏特庫、艾琳．伏特庫和剛回來的藍斯洛．伏特庫一起在圖書室喝茶。後來藍斯洛上樓看望蘭貝東小姐，珍妮佛到自己的客廳去寫信，艾琳最後走出圖書室。照她的說法，當時阿黛兒還好好的，剛為自己倒了最後一杯茶。

最後一杯茶！是的，那真是她此生最後一杯茶。

事隔二十分鐘左右，瑪麗・竇夫走進房間，發現了屍體。

那二十分鐘……

尼勒警官暗自詛咒一聲，走進廚房。

康普太太的肥胖身軀坐在烹飪桌旁邊的一張椅子上，敵意甚濃，他進來的時候，她一動也不動。

「那女孩呢？她回來沒有？」

「葛萊蒂？沒，她沒回來。我猜要到十一點以後才會回來。」

「你說茶是她泡好端進去的？」

「蒼天為證，我絕沒有碰茶水。我也不相信葛萊蒂會做什麼不該做的事。她不會的，葛萊蒂不會。警官，她是個好女孩，只是有點蠢罷了，本性不壞。」

不，尼勒也不認為葛萊蒂是壞人，他不認為下毒者是葛萊蒂，何況茶壺裡沒有氰化物。

「不過，她為什麼突然走掉呢？你說今天不是她的休假日。」

「是的，警官，明天才是她的休假日。」

「康普先……」

康普太太的敵意又突然復甦了，她氣沖沖地提高嗓門。

「別把罪名套在康普身上，康普沒有嫌疑，他三點就出去了……現在我倒慶幸他這麼做。他和柏西瓦先生一樣沒有嫌疑。」

柏西瓦．伏特庫剛從倫敦回來……一進門就聽到驚人的第二件命案。

尼勒柔聲說：「我不是指控康普。我只是在猜，不曉得他知不知道葛萊蒂的計畫。」

康普太太說：「她穿了最好的尼龍絲襪。她有計畫，卻沒告訴我，也沒切配茶的三明治。噢，是的，她有計畫。等她回來，我要訓她一頓。」

等她回來……

尼勒略微感到不安。為了甩開疑慮，他上樓到阿黛兒．伏特庫的臥房。好奢華的房間，滿屋子玫瑰錦緞帷帳，外加一頂鍍金大床。房間一側有門通進鑲了鏡子的浴室，裡面設有蘭花色的瓷質浴缸。浴室另一頭是雷克斯．伏特庫的更衣室，有內門相通。尼勒走回阿黛兒的臥房，由房間另一側的內門走進她的客廳。

這個房間陳設有如帝王般氣派，鋪著玫瑰堆花地毯。昨天尼勒已細查過這個房間，尤其注意到那個優雅的小書桌，所以現在只草草看了一眼。

可是，他突然注意到一件事，不禁全身發僵。玫瑰堆花地毯中間有一小塊泥巴。

尼勒走過去撿起來。泥土還是溼的。

他環顧四周，沒看見腳印，多出來的只有這一塊溼泥。

§

尼勒警官打量著葛萊蒂・馬丁的臥室。已經十一點多了，康普已在半個鐘頭前回來，葛萊蒂卻不見人影。尼勒警官看看四周。無論葛萊蒂受過什麼訓練，她天生的本質是懶散的。尼勒警官判斷她的床鋪很少整理，窗戶很少打開。不過他關心的不是葛萊蒂個人的習慣。他只是仔細檢查她的東西。

大抵是便宜寒酸的服飾，耐久或高品質的東西很少。他曾叫老愛倫來幫忙，可惜她沒有多大用處。她不知道葛萊蒂有哪些衣服，也說不出有沒有少了什麼。他看完衣服和內衣褲，轉而翻五斗櫃。葛萊蒂的寶貝放在那個地方，有風景明信片和剪報、編織圖案、美容知識、裁縫和打扮的建議文章等等。

尼勒警官把這些東西分成幾類。圖片、明信片大抵是幾處地方的風景，他猜葛萊蒂曾到那些地點度假。

其中三張簽有「伯特」的暱名。他猜，「伯特」就是康普太太提到的那個「男朋友」。第一張明信片以文盲般的字體寫道：「一切安好，很想你，伯特上。」第二張寫：「這邊有很多漂亮的女孩子，可是沒有一個比得上你。很快就能和你見面了。別忘記我們約定的日子。記住，在那之後……我們會快樂無比，永遠幸福過日子。」第三封只寫：「別忘了，我信任你。愛你的伯特。」

接著尼勒翻閱剪報，把它分成三堆：有裁縫和美容的建議，有葛萊蒂似乎很欣賞的電影明星花絮，她對最新的科學奇蹟好像也很感興趣。剪報內容有飛碟、祕密武器、俄國人用真言藥叫人吐實和美國醫生發現奇幻神藥等資料。尼勒認為這全是二十世紀的巫術。

然而，由這些東西看不出她失蹤的理由。她不寫日記，他也不指望她會寫，可能性太低了。沒有未完成的信，沒有任何記錄顯示雷克斯・伏特庫死前她曾在屋裡看到什麼。無論葛萊蒂看到什麼，無論葛萊蒂知道什麼，總之完全沒有記錄。第二個茶盤為什麼留在門廳裡，葛萊蒂又為什麼突然失蹤，只能全憑猜測。

尼勒嘆口氣走出房間，把門關上。

他正準備走下小迴旋梯，便聽到有人沿著下面的梯台跑過來。

海依巡佐在樓梯底下激動地抬頭看他，有點氣喘。

他慌慌忙忙說：「長官，長官！我們找到她了……」

「找到她？」

「長官，是女僕愛倫，她想起衣服在曬衣繩上還沒收進來……就在後門轉角，於是她拿著火把去收，絆到屍體，差點摔跤……是那個女孩的屍體，她是被人勒死的，一隻絲襪纏在脖子上。我看死掉好幾個鐘頭了。長官，玩笑開得真邪惡，她鼻子上夾著一根曬衣夾……」

13

有一位搭火車的老太太買了三份晨報，每看完一份就摺好放在旁邊，露出來的都是同一標題。現在那條新聞不只是一小段，不只是躲在報紙的角落裡了。它已變成頭條新聞，加上醒目的「紫杉小築三重命案」等標題。

老太太坐得筆直，兩眼眺望車窗外面，噘著嘴巴，白裡透紅的皺紋老臉顯出悲哀和不以為然的神色。瑪波小姐乘早車離開聖瑪莉米德，在接駁站換車到倫敦，然後乘區間車到倫敦的另一個終點站，前往貝敦石南林。

到站後，她叫了一輛計程車，要求司機載她到紫杉小築。瑪波小姐看來天真可愛，是個白膚、酡顏、細髮的老太太，所以她輕輕鬆鬆就獲准進入圍城般的要塞，簡直叫人不敢相信。雖然有一大堆記者和攝影師被警方擋駕在外，瑪波小姐倒未受盤查就進去了，人人都相信她只是這家人的親戚，不可能有別的身分。

瑪波小姐仔細用大大小小的零錢付了車資，按了前門的電鈴。康普來開門，瑪波小姐用老練的目光打量他一眼，自忖道：「眼睛不老實，而且嚇得半死。」

康普則看見一位高高的老太太穿著舊款的蘇格蘭呢外套和裙子，圍著兩條領巾，頭戴一頂插有羽毛的小毛氈帽，手拿一個容量很大的提包，另外一個古舊而質料甚佳的衣箱放在身旁。康普一看就知道她是淑女，他說：「有什麼事嗎，女士？」語氣恭恭敬敬的。

瑪波小姐說：「請問我能不能見見女主人？」

康普退後一步，讓她進門。他提起衣箱，小心翼翼放在門廳裡。

他猶豫不決說：「噢，女士，我不知道你是……」

瑪波小姐幫他解圍。

她說：「我是來談那個被殺的女孩子……葛萊蒂．馬丁。」

「噢，我明白了，女士。那樣的話……」他突然住嘴，看看圖書室的房門，有個高高的少婦由那邊走出來。他說：「女士，這位是藍斯洛．伏特庫夫人。」

派蒂走過來，和瑪波小姐四目交投。瑪波小姐有點吃驚。她沒料到會在這間房子裡看見派翠西．伏特庫這種人。房子內部和她想像的差不多，可是派蒂與這裡的景觀頗不相配。

「是為葛萊蒂的事，夫人。」康普幫忙說。

派蒂以猶豫的口吻說：「你進來這邊可以嗎？不會有旁人打擾。」

她帶頭走進圖書室，瑪波小姐跟在後頭。

派蒂說：「你不是特別想見誰吧？我大概幫不上忙。你知道外子和我前幾天才從非洲回國。我們對家裡的事情完全不知道，不過我可以去找外子的妹妹或嫂嫂來。」

瑪波小姐看看對方，深有好感。她喜歡她嚴肅又單純的氣質。不知道為什麼，她替她感到難過。瑪波小姐依稀覺得，舊印花布衣裳和馬兒、狗兒等背景，比這些富麗的裝潢更適合她。瑪波小姐曾在聖瑪莉米德村的小馬展覽會和運動會上，見過許多派蒂這一型的女孩子，對她們認識很深。她自覺和這位表情悶悶不樂的女孩子很投緣。

瑪波小姐仔細脫下手套，拉平指尖說：「其實我來的原因很簡單。你知道，我在報上看到葛萊蒂．馬丁被殺的消息。我知道她的一切，她是我們那一帶的人。事實上，她當女傭就是我訓練的。既然她出了這件可怕的事，我覺得……噢，我覺得我應該來看看能不能幫上一點忙。」

「是的，當然，我明白了。」派蒂說。

她真的明白。瑪波小姐的行動在她看來很自然，理當如此。

派蒂說：「你能來真好。好像沒有人清楚她的身世，我是指，不知道她親戚的狀況。」

瑪波小姐說：「沒有，當然沒有，她根本沒有親戚。她由孤兒院來的……聖信孤兒院。那裡的管理甚佳，卻缺少財源，於是我們想辦法幫助那邊的女孩子，設法訓練她們。葛萊蒂十七歲來我家，我教她侍候用餐、保養銀器等等。當然她待不久，她們都這樣。她有了一點經驗後，馬上到咖啡館謀職。女孩子都喜歡這樣。你知道，她們認為那種生活比較自由和愉快。也許吧，我真的不知道。」

「我甚至沒見過她哩。她是不是個漂亮的女孩？」

瑪波小姐說：「噢，不，一點都不漂亮。有腺腫病，臉上還有很多斑點，而且不太聰明。」她若有所思繼續說：「我想她在任何地方都交不到多少朋友。她對男人很熱中，可憐的孩子。不過男人不大注意她，女孩子則常常利用她。」

派蒂說：「聽起來相當殘酷。」

瑪波小姐說：「是的，人生恐怕是很殘酷。我們對葛萊蒂這種女孩子真不知道該怎麼辦才好。她們喜歡看電影，常幻想些自己不可能遇見的美事。這大概也算一種幸福吧。不過她們老是失望。我想葛萊蒂對咖啡館和飯店生涯大概失望了。她沒遇見迷人或有趣的事，倒是兩腳累得受不了。她可能因此才回頭到住家幫傭的，你知不知道她在這邊做了多久？」

派蒂搖搖頭。

「我想沒多久吧，只一兩個月。」派蒂停一會又說：「她竟捲入這樁命案，想來真是可怕，真划不來。我猜她一定看到或注意到什麼線索。」

瑪波小姐輕聲說：「我真正擔心的是衣夾。」

「衣夾？」

「是的，我在報上看到的。我想真有其事吧？她的屍體被發現時，鼻子上夾著一根衣夾。」

派蒂點點頭。紅暈浮上瑪波小姐的粉紅色面頰。

「孩子，你懂吧，我為這一點非常氣憤。凶手的態度殘忍又飽含輕蔑。我約略想得出凶手是什麼樣的人。居然做這種事！你知道，藐視人性尊嚴是非常惡劣的……何況人都已經被他殺了。」

「我想我明白你的意思。」她站起身。「我認為你最好去見見尼勒警官。他負責偵辦此案，目前就在這裡。我想你會喜歡他，他很有人情味。」她突然抖了一下。「真像一場可怕的噩夢。毫無意義，簡直瘋狂，沒有一點邏輯或道理。」

瑪波小姐說：「我很不以為然，你知道，我深不以為然。」

尼勒警官顯得疲乏又憔悴。三樁命案，全國的媒體都興高采烈追蹤而來。眼看一個熟悉的訟案就要成形，如今卻突然搞砸了。理想的嫌犯阿黛兒．伏特庫成了命案的第二個受害人。那天晚上，副局長叫尼勒去，兩個人談到半夜。

尼勒警官雖然驚慌，卻依稀感到事出必然。妻子和情夫的模式太單純、太輕易了，他始終覺得懷疑，現在證明他的懷疑很正確。

副局長在屋內大步走來走去，皺眉說：「事情有了截然不同的面目。尼勒，我覺得我們要對付的彷彿是個精神不正常的人。先殺丈夫，後殺妻子，可是照犯案的情況看來，好像是內部的人幹的。全部在家人間發生。某人跟伏特庫一起吃早餐，把塔西因放在他的咖啡或食物裡；某人和家屬一起喝茶，把氰化鉀放進阿黛兒．伏特庫的茶杯裡。此人受人信任，不會被發覺，必是家庭的一份子。尼勒，到底是哪一個呢？」

尼勒淡然說：「柏西瓦不在家，所以又得把他排除在外。又得把他排除在外……」他重複這句話。

副局長猛看他一眼。尼勒重複這句話引起了他的注意。

「尼勒，你有什麼想法？說出來，老弟。」

尼勒警官一臉木然。

「長官，沒什麼，還不算是什麼想法。我只是說，對他而言很有利。」

「稍嫌太有利了，呃？」副局長想了一會，搖搖頭。「你認為他可能做了某種安排？尼勒，看不出任何可能，不，我看不出。」他又加上一句：「而且他為人謹慎。」

「長官，可是他很精明。」

「你不認為是女人，對吧？可是照跡象看應該是女人：艾琳．伏特庫或柏西瓦的太太。早餐席上有她們，那天喝茶也有她們，她們倆都可以下手。她們沒有什麼不正常的徵兆吧？算了，不見得會顯露出來。她們過去的醫療記錄也許有特別的地方。」

尼勒警官不答腔，他想起瑪麗．竇夫。他沒有理由懷疑她，他的思緒卻轉往那個方向。她有一種不可解釋、叫人不安的氣息，一種微弱又嘲弄的敵意。雷克斯．伏特庫死後她的態度是如此。現在她的態度又如何呢？她的舉止和儀態始終堪為模範。他暗想道，她大概不再覺得好玩了，甚至也沒有了敵意，可是他不確定有一兩回曾發現她有恐懼的跡象。葛萊蒂．

馬丁這事該怪他，實在該怪他。葛萊蒂歉疚又心慌，他以為她只是天生怕見警察罷了。他常常見到那種緊張的證人。但她這回不只是緊張。葛萊蒂曾見到或聽到什麼，勾起了疑心。他暗想，也許是一件小事，含糊不明確的小事，所以她不想講。可憐的小兔子，她現在永遠不能說話了。

老婦人在紫杉小築跟尼勒警官面對面坐著。尼勒望著那張溫和認真的面孔。起先他拿不定主意要如何對待她，後來他很快下定決心。瑪波小姐對他必有用處。她為人正直，具有無可指摘的正義感，而且她和多數老太太一樣，時間多，又有老處女那種打聽閒話的興致。她可以由傭人口中，甚至伏特庫女性家屬的口中，探到尼勒和手下警察不可能問出的情報。閒話啦、臆測啦、回憶啦，某人複述別人說過或做過的事情啦……她會從中挑選值得注意的事項。所以尼勒警官的態度很和藹。

他說：「瑪波小姐，你來真是太好了。」

「尼勒警官，這是我的義務。那個女孩子曾經住在我家，我總覺得對她有責任。她不是個聰明的女孩子，你知道。」

尼勒警官以賞識的目光看她一眼。

他說：「是的，正是。」

他覺得對方已直入問題的核心。

瑪波小姐說：「她不知道該怎麼辦……我意思是說，如果有突發情況的話。噢，老天，我的表達能力真差。」

尼勒警官表示了解。

「她無法判斷什麼事情重要或不重要，你是這個意思吧？」

「噢，是的，對極了，警官。」

「你說她不很聰明……」尼勒警官說到一半停下來。

瑪波小姐接下這個話題。

「她很容易相信人家。這種女孩子若有積蓄，一定會被騙子拿走。當然啦，她從來沒什麼積蓄，因為她老是花錢買些不合用的衣服。」

「她交友的狀況如何？」警官問道。

瑪波小姐說：「她很想交個男友。我想她離開聖瑪莉米德，其實是為了這個理由。那邊的競爭很激烈，男人太少了。她曾對送魚的一個小夥子抱著希望。佛瑞德對每個女孩子都說好聽的話，但是沒有什麼特別的意思。可憐葛萊蒂很難過。不過，聽說她最後還是找到男朋友了？」

尼勒警官點點頭。

「好像是。聽說名叫亞伯特・伊凡斯。她好像是在某個夏令營認識他。他沒送她戒指，所以事情也很可能全屬捏造。她告訴廚子說那人是礦業工程師。」

瑪波小姐說：「似乎不可能，但是我敢說這些話是他告訴她的。她什麼話都信。你們沒將他和命案聯想在一起？」

尼勒警官搖搖頭。

「不，我想應該不會有牽連吧。他好像沒來找過她，只是偶爾寄張明信片給她，通常由海港寄來……他可能是波羅的海航線某艘船上的四等機師。」

瑪波小姐說：「唉，我真高興她有一段小韻事。既然她的生命已經這樣失去……」她繃緊嘴巴，以剛才對派蒂．伏特庫說話的口吻說：「警官，你知道，我非常非常氣憤……尤其是衣夾那件事。警官，那實在太邪惡了。」

尼勒警官興致勃勃地望著她。他說：「我知道你的意思，瑪波小姐。」

瑪波小姐歉然地咳了幾聲。

「不知道……我猜這很冒昧，不知道我能不能以我隱微和女性的身分來協助你。尼勒警官，這位凶手很壞，惡人一定要受處罰。」

尼勒警官慘然說：「瑪波小姐，這個信念今天已不大流行。不過我並非不贊成你的意見。」

瑪波小姐試探說：「車站附近有家旅館吧，還是有一家『高爾夫旅館』？我知道這棟房子裡住著一位蘭貝東小姐，她對外國傳教團很感興趣。」

尼勒警官以評估的眼光望著瑪波小姐。他說：「是的，也許你說得對。我對付那位老小姐不大成功。」

瑪波小姐說：「尼勒警官，你實在太好了。真高興你沒把我當作湊熱鬧、找刺激的人。」

尼勒警官突然露出意想不到的笑容。他暗想，瑪波小姐看來和一般人心目中的復仇女神實在不像，但他認為對方也許正是那種人。

瑪波小姐說：「報紙的記載往往聳人聽聞，只是恐怕不大準確。」她以詢問的目光看看尼勒警官。「如果可以只接觸未經誇張的事實那該有多好。」

尼勒說：「新聞總有誇張的地方。去除了不該有的轟動枝節，實情大約如下：伏特庫先生在辦公室死於塔西因毒素。塔西因是由紫杉樹的漿果和葉子裡弄出來的。」

「很方便。」瑪波小姐說。

尼勒警官說：「可能，不過這點我們沒有證據。我是說，到目前為止……」

他強調這句話，因為他覺得這方面瑪波小姐可能幫得上忙。家裡若有人弄過紫杉果的汁液或粉劑，瑪波小姐很可能探到蛛絲馬跡。她是那種會自製火酒、補藥和藥草的老婦人，應該知道調製和施用的方法。

「伏特庫太太呢？」

「伏特庫太太和家人在圖書室喝茶。最後一個離開房間和茶几的是她的繼女艾琳·伏特庫小姐。她說她離開的時候，伏特庫太太正為自己倒了一杯茶。過了二十分鐘或半個鐘頭左右，管家竇夫小姐進來收茶盤。伏特庫太太還坐在沙發上，卻已經死了。她身邊有一杯四分之一滿的茶，殘渣裡有氰化鉀。」

「我猜毒性立即發作。」瑪波小姐說。

「沒錯。」

瑪波小姐咕噥道：「這麼危險的東西。有人用它來殺蜂巢，不過我一向非常非常小心。」

尼勒警官說：「你說得對極了。園丁的工棚裡有一包。」

瑪波說：「又是非常方便。」她加上一句：「伏特庫太太吃了什麼沒有？」

「噢，有的，他們的茶點很豐富。」

「我猜有蛋糕吧？麵包和奶油？也許是圓麵包、果醬、蜂蜜？」

「是的，有蜂蜜和圓麵包、巧克力蛋糕和瑞士捲，另外還有幾盤東西。」他好奇地望著她。

「瑪波小姐，氰化鉀是放在茶杯裡頭。」

「噢，是，是，我明白，我只是要了解整個場面。這意義重大，你不認為嗎？」

他略帶困惑地望著她。她兩頰發紅，眼睛發亮。

「尼勒警官，第三樁命案呢？」

「噢，這方面好像也很清楚。葛萊蒂把茶盤端進房間，然後端第二個托盤走到門廳，就把它擺在那兒。顯然她一整天魂不守舍。後來就沒人見過她。廚師康普太太斷定她溜出去與情人共度良宵，沒告訴任何人。我想她是看那女孩穿著好的尼龍絲襪和她最好的鞋子才這麼想的。不過她的看法錯了。這女孩一定是突然想起曬衣繩上的衣服還沒收進來，跑出去收，剛取下一半，有人趁她不注意用絲襪勒緊她的脖子……噢，就是這樣。」

「外面來的人？」瑪波小姐說。

尼勒警官說：「或許吧，但也可能是裡面的人。有人一直在等待那個女孩獨處的機會。我們第一次問話時，她既緊張又心慌，可是我們沒看出此事的重要性。」

瑪波小姐叫道：「噢，你怎麼可能察覺呢？一般人被警方盤問，往往顯得害怕和內疚。」

「對。不過瑪波小姐，這回並非如此。我想葛萊蒂看到某人做了一件她覺得需要解釋的事情。那件事不見得很明顯，否則她就會說出來了。她大概向當事人透露過此事，那人覺得葛萊蒂會帶來危險。」

瑪波小姐自言自語說：「於是葛萊蒂被勒死，鼻子上還夾著一根曬衣夾。」

「是的，真差勁，不把人放在眼裡，一種沒必要的耀武揚威。」

瑪波小姐搖搖頭。

「未見得沒必要。它構成一種模式，對吧？」

尼勒警官好奇地看看她。

「瑪波小姐，我不大懂你的意思。你所謂的『模式』是指什麼？」

瑪波小姐立刻心慌起來。

「呃，我是說看起來……我的意思是，連貫起來看，你明白，呃，人不能脫離事實，對吧？」

「我不大懂。」

「噢，我意思是說……首先是伏特庫先生，雷克斯・伏特庫，他在市區辦公室被人殺死；然後是伏特庫太太坐在圖書室喝茶、吃蜂蜜麵包；接著可憐的葛萊蒂鼻子上夾著一根曬衣夾。這指出了整個案情。迷人的藍斯洛・伏特庫夫人對我說，此事毫無邏輯或道理，我可不同意，我們已感受到它的節奏，不是嗎？」

尼勒警官慢慢說：「我不認為……」

瑪波小姐連忙往下說：「尼勒警官，你的年紀大約三十五、六歲，對吧？那我想你小時候對兒歌大概很反感。不過一個人若從小聽『鵝媽媽』聽到大，那可就意味深長了，對吧？我想知道的是……」瑪波小姐停下來，似乎鼓起勇氣才敢往下說：「我知道自己跟你說這種話很失禮……」

「瑪波小姐，不管你想說什麼，請說出來吧。」

「噢，你真客氣。我會的。實在失禮，我自知年紀老了，頭腦不清，我敢說我們的想法沒什麼價值。我想問你有沒有去調查黑畫眉的事？」

14

尼勒警官瞪著瑪波小姐十秒鐘左右，困惑到極點。他直覺認為老太太腦筋不正常。

「黑畫眉？」他反問道。

瑪波小姐用力點頭。她說「是的」，並且朗誦道：

唱一首六便士之歌，用滿口袋黑麥，
把二十四隻黑畫眉烘在派裡。
派一切開，鳥兒就開始唱歌。
這可不是國王的一道豪華大菜嗎？
國王在帳房裡數鈔票，
王后在客廳吃蜂蜜麵包，

女傭在花園裡曬衣服，
一隻小鳥飛來，叼走了她的鼻子。

尼勒警官說：「老天爺……」

瑪波小姐說：「我意思是說，內容樣樣吻合。他口袋裡放了黑麥，對吧？有一份報紙這麼說。其他的只說是穀物，也許別有含義，可能是『農民之光』或『穀花』之類的，甚至可能是玉蜀黍……不過其實是黑麥吧？」

尼勒警官點點頭。

瑪波小姐得意洋洋地說：「看看雷克斯．伏特庫。『雷克斯』（Rex）是『國王』的意思。他在帳房裡，王后伏特庫太太在客廳吃蜂蜜麵包，所以凶手當然要在葛萊蒂的鼻子上夾一根曬衣夾囉。」

尼勒警官說：「你的意思是，本案是個瘋子幹的？」

「噢，我們不能亂下結論……不過的確很怪。你一定要查查黑畫眉的事，一定有黑畫眉牽涉在其中！」

就在這個時候，海依巡佐走進房間，急促地說：「長官。」

他看到瑪波小姐，突然住口。尼勒警官恢復常態說：「謝謝你，瑪波小姐，我會調查這件事。既然你那麼關心那位女孩，也許你願意看看從她房間拿來的遺物。海依巡佐馬上拿給你看。」

瑪波小姐乖乖告退，戰戰兢兢走出去。

「黑畫眉！」尼勒警官自言自語說。

海依巡佐瞪大了眼睛。

「海依，什麼事？」

海依巡佐說：「長官……」又急急切切加上一句：「你看。」

他拿出一樣用髒手帕包著的東西。海依巡佐說：「在灌木叢發現的。可能是由某個後窗丟到那兒。」

他把東西輕輕倒在警官前面的桌子上，警官探身檢查，愈來愈興奮。原來是一罐將近全滿的橘子醬。

警官一語不發瞪著它，臉上現出木然和空洞的表情。事實上，這正表示尼勒警官又在運用想像力了。一部影片在他心中上演。他彷彿看見一罐新的橘子醬，看見一雙手仔細掀開蓋子，看見少量橘子醬被人拿出來，拌上塔西因再放回罐裡，表面弄平，仔細蓋好……他止住幻想，問海依巡佐說：「他們沒把罐中的橘子醬挖出來放進特製的小瓶子？」

「沒有，長官。戰時物資缺乏，漸漸養成原罐上桌的習慣，後來就沿用下來了。」

尼勒咕噥道：「當然啦，這樣比較省事。」

「而且早餐只有伏特庫先生吃橘子醬（柏西瓦先生在家的時候也吃）。另外幾個人則吃果醬或蜂蜜。」

尼勒點點頭，他說：「是的，這一來就簡單了，不是嗎？」

他腦海中又出現一個活動畫面。早餐桌上，雷克斯．伏特庫手拿橘子醬，舀出一匙，塗在奶油麵包上面。簡單多了，這比冒險放進咖啡杯簡單多了。安全無比的下毒良方！然後呢？又是一個空檔，接下來的畫面可就不大清楚了。另一瓶橘子醬挖出相同的分量，取代有毒的這瓶。然後是一個敞開的窗戶，有隻手伸出來把瓶子扔進灌木叢，是誰的手呢？

尼勒警官用公事公辦的口吻說：「好，我們當然要拿去化驗，看看含不含塔西因。我們不能妄下結論。」

「是，長官，也許有指紋。」

尼勒警官憂鬱地說：「那些指紋也許不是我們要找的。上面一定有葛萊蒂、康普和伏特庫先生的指紋。說不定康普太太、雜貨店助手，甚至別人的也在上面！如果凶手有心羼入塔西因，他們自會小心，不讓自己的指頭碰到瓶罐。總之，我們不能妄下結論。他們如何訂購橘子醬？通常放在哪裡？」

勤奮的海依巡佐早就準備了這些問題的答案。

「橘子醬和果醬一次買六瓶。等舊的一瓶快用完的時候，就在食品室放一瓶新的。」

尼勒說：「這表示橘子醬可能在上桌前好幾天就被人動了手腳。凡是住在這棟屋子裡或有機會進屋的人都可能下手。」

海依巡佐對「有機會進屋」這句話感到不解。他不明白長官心裡正在想什麼。

但尼勒正在做一個他認為合乎邏輯的假設。

如果橘子醬事先被人動過手腳，凶手就不一定是當天早晨在餐桌上的人囉。

這一來又有幾個絕妙的可能性。

他計畫約談許多人，這次將採取完全不同的門徑。

他要敞開心胸……

他甚至要認真考慮那位老小姐——她姓什麼來著——提到兒歌的那件事。那首兒歌確實吻合案情，精確地叫人驚駭，和他一開始就煩擾不已的重點相吻合，也就是那一口袋的黑麥。

尼勒警官自言自語說：「黑畫眉？」

海依巡佐瞪大了眼睛。

「不是黑莓，長官，是橘子醬。」

§

尼勒警官去找瑪麗·竇夫。

他發現她在二樓一間臥室裡監督愛倫剝下看來還挺乾淨的床單。一堆乾淨的毛巾擺在椅子上。

尼勒警官顯得十分困惑。他問道：「有人要來住？」

瑪麗．竇夫對她微笑。愛倫陰沉沉、凶巴巴的；瑪麗則鎮定如昔。

「正好相反。」她說。

尼勒以詢問的目光望著她。

「這是我們原先為吉拉德．萊特先生準備的客房。」

「吉拉德．萊特？他是誰？」

「他是艾琳．伏特庫小姐的一個朋友。」瑪麗的嗓音故意不顯出抑揚頓挫。

「他要來這兒……什麼時候？」

「我想他在伏特庫先生死後第二天抵達高爾夫旅館。」

「第二天。」

瑪麗的聲音仍舊不帶感情。

「伏特庫小姐是這麼說的。她告訴我說，要請他來住……所以我叫人準備了一個房間。現在，又出了兩件……悲劇，看來他留在旅館比較妥當。」

「高爾夫旅館？」

「是的。」

「嗯。」尼勒警官說。

愛倫收起床單和毛巾，踏出房門外。

瑪麗．竇夫質問般看看尼勒。

「你有事要找我？」

尼勒怡然說：「查出確切的時間很重要。他們家人的時間觀念好像都有點模糊，這也許不難了解。反之，竇夫小姐，我發現你陳述時間時很準確。」

「又是不難了解！」

「是的。也許，我必須向你道聲欽佩，儘管幾樁命案造成恐慌，你仍能讓這棟房子維持正常的情況。」他停下來，好奇地問她：「你怎麼做到的呢？」

他發現瑪麗．竇夫那深不可測的盔甲只有一個裂縫，就是她頗以自己的效率為榮。現在她回話略微輕鬆了一點。

「康普夫婦想要馬上離開，那可想而知。」

「我們不容許。」

「我知道。我還告訴他們，柏西瓦．伏特庫先生對於肯給他省麻煩的人可能……呃，相當大方。」

「愛倫呢？」

「愛倫不想走。」

尼勒說：「愛倫不想走。她膽子真大。」

瑪麗・竇夫說：「她喜歡災禍。她跟柏西瓦夫人一樣，覺得災禍是一種宜人的好戲。」

「有趣。你認為柏西瓦夫人喜歡這幾樁悲劇？」

「不，當然不，那未免太過分了。我只是說，這一來她便可以……呃，勇敢忍受。」

「竇夫小姐，你自己有何感想？」

瑪麗・竇夫聳聳肩。

「這種經驗並不愉快。」她淡然說。

尼勒再次渴望破除這位冷靜女子的防衛心……找出她那謹慎、高效率的態度後面藏有什麼玄機。

他唐突地說：「現在，請你扼要提出時間和地點。你最後一次看見葛萊蒂・馬丁是喝茶前在門廳看見她的，當時是四點四十分？」

「是的，我叫她端茶來。」

「你本人是從什麼地方走來的？」

「由樓上。幾分鐘前我彷彿聽見電話聲。」

「電話大概是葛萊蒂接的？」

「是的。有人撥錯號碼要找貝敦石南林洗衣店。」

「那是你最後一次看見她？」

「過了十分鐘左右，她把茶盤端進圖書室。」

「後來艾琳．伏特庫小姐走進來？」

「是的，大約相隔三、四分鐘後。接著我上樓去告訴柏西瓦夫人茶點準備好了。」

「平常都是你去叫她？」

「噢，不，大家高興什麼時候喝茶就什麼時候下來。不過伏特庫太太問大家上哪兒去了，我以為聽見柏西瓦夫人下樓，結果是誤會……」

尼勒打斷她的話，出現一個新訊息。

「你說你聽見樓上有人走動？」

「是的，我想是在樓梯口。可是沒人下來，所以我就上去了。柏西瓦夫人在她的臥室。她剛剛由外面進來。她曾出去散步……」

「出去散步？我明白了。當時的時間……」

「噢，我想是五點左右。」

「藍斯洛．伏特庫先生什麼時間到達？」

「我再下樓之後幾分鐘。我以為他早就到了，可是……」

尼勒警官打岔說：「為什麼你以為他早就到了？」

「因為我依稀由梯台的窗口瞥見他。」

「你是說，他在花園裡？」

「是的。我瞥見有人穿過紫杉樹籬，我以為是他。」

「是你告訴柏西瓦．伏特庫少夫人茶點已備好之後，下樓時看到的？」

瑪麗糾正他的話。

「不，不是那個時候，是更早我第一次下樓的時候。」

尼勒警官瞪大了眼睛。

「你能肯定嗎，竇夫小姐？」

「是的，我十分肯定。所以他按鈴時，我看到他覺得很驚訝。」

尼勒警官搖搖頭。他說話盡量不表現出內心的興奮。

「你看見在花園裡的人不可能是藍斯洛．伏特庫。他那班火車本該四點二十八分抵達，結果慢了九分鐘。他在四點三十七分抵達貝敦石南林車站。他等計程車總要幾分鐘吧？那班火車總是客滿。他離開車站已經快要四點四十五分了（比你看見花園那個人時還要晚五分鐘），而車程有十分鐘。他最早也要四點五十五分才能在大門口打發掉計程車。不，你看到的不是藍斯洛．伏特庫。」

「我確實看見一個人。」

「是的，你看見一個人。天色暗了，你不可能看得很清楚吧？」

「噢，當然，我不可能看見他的面孔什麼的。我只知道他身材高高瘦瘦的。我們正在等藍斯洛．伏特庫來，所以我以為是他。」

「那人走哪一條路？」

「沿著紫杉樹籬走向房屋東側。」

「那邊有一道側門，是不是鎖著？」

「要等晚上全家鎖門，那邊才上鎖。」

「任何人都可以由側門進屋子，屋裡的人不一定會發現。」

瑪麗．竇夫考慮了一下。

「我想是吧，沒錯。」接著她又連忙加上一句：「你意思是說，我後來聽見在樓上走動的人，可能是由那條路進來？可能躲在……樓上？」

「差不多。」

「不過是誰……」

「還不能確定。謝謝你，竇夫小姐。」

她轉身要走，尼勒警官用不經意的口吻說：「對了，我猜你沒辦法向我說明黑畫眉的事吧？」

瑪麗．竇夫好像第一次感到吃驚，她猛回頭。

「我……你說什麼？」

「我問你黑畫眉的事。」

「你是指……」

「黑畫眉。」尼勒警官說。

他露出愚蠢的表情。

「你是指夏天那件蠢事？但是那不可能……」她突然住口。

尼勒警官用快活的口氣說：「傳聞很多，不過我相信你能向我提出清晰的報告。」

瑪麗．竇夫又恢復冷靜能幹的本色。她說：「我想那一定是個愚蠢、惡毒的玩笑。伏特庫先生書房的桌子上有四隻死畫眉。夏天窗戶開著，我們以為是園丁的男孩搗鬼，可是他堅稱不是他放的。不過那些畫眉確實是園丁射下來掛在果樹林裡的。」

「有人把牠們弄下來，放在伏特庫先生的桌子上？」

「是的。」

「有什麼理由……什麼事情跟黑畫眉有關？」

瑪麗搖搖頭。

「我想沒有。」

「伏特庫先生的反應如何？他有沒有生氣？」

「他自然會生氣嘛。」

「可是並不心慌意亂？」

「我真的記不得了。」

「我明白了。」尼勒說。

他不再說話。瑪麗．竇夫再度轉身離去，但這回她好像不願意走，似乎想知道他到底在想些什麼。尼勒警官忘恩負義，竟怪起瑪波小姐來了。她向他提示會有黑畫眉的事情，現在果然有黑畫眉！但不是二十四隻，當然，這也許可以說是一種象徵性的寄託。

事情遠在夏天發生，卻完全吻合。尼勒無法想像。他要以合理冷靜的方針來調查一般凶手為正常理由犯下的謀殺案，不容黑畫眉的怪論影響他。但是自此之後，他不得不時時提醒自己狂人行凶的可能性。

15

「伏特庫小姐，又要打擾你了，真抱歉。我想弄清楚一件事情。就我們所知，你是最後一個……也許應該說是倒數第二個，在伏特庫太太生前看到她的人。你離開小客廳是五點二十分左右？」

艾琳說：「差不多，我不敢確定。」接著又自辯說：「人不會沒事一直看時鐘。」

「不，當然不會。別人離開後，房裡只剩下你和伏特庫太太，你們都談些什麼？」

「我們談什麼有關係嗎？」

尼勒警官說：「可能沒有，不過我也許能藉此猜出伏特庫太太當時的想法。」

「你意思是說……你認為她也許是自殺？」

尼勒警官發現她的表情豁然開朗。就家人來說，這樣的解答當然很便利。但尼勒警官從未做如是觀。他覺得阿黛兒．伏特庫不是自殺型的女人。就算她毒死了丈夫，知道警方即將指認她的罪，她也不會想要自殺。她會樂觀地認為自己在審判中能獲得開釋。但他不討厭艾琳．伏特庫做此假設。所以他誠心誠意說：「伏特庫小姐，或許有此可能。說不定你肯告訴我，當時你們談些什麼？」

「噢，其實是談我的事。」艾琳猶豫不決。

「你的事是……」他詢問般住口，表情和藹可親。

「我……我的一個朋友來到這一帶，我問阿黛兒反不反對……我請他來家裡住。」

「啊，這位朋友是誰？」

「是吉拉德．萊特。他是一位老師，目前住在高爾夫旅館。」

「大概是你很親密的朋友吧？」尼勒警官露出長輩式的笑容，看起來至少老了十五歲。

「我們大概很快就會聽到喜訊吧？」

他看見這女孩手足無措，臉上出現紅暈。他有點良心不安，她深愛那傢伙沒錯。

「我們……我們並沒有正式訂婚，而且我們目前當然無法宣布，不過，噢，我想我們……我意思是說，我們以後會結婚。」

尼勒警官欣然說：「恭喜。你說萊特先生住在高爾夫旅館？他住那邊多久了？」

「爸死後，我拍電報給他。」

「他立刻趕來。我明白了。」尼勒警官說。

他使用自己最愛用的措辭，加上態度友善，叫人安心不少。

「你問伏特庫太太能不能讓他來，她怎麼說？」
「噢，她說沒問題，我愛請誰都可以。」
「那她的態度很好囉？」
「不見得多好，我意思是說，她說……」
「她說了什麼？」
艾琳又臉紅了。
「噢，說我現在更能為自己打算之類的傻話。阿黛兒就愛說這種話。」
尼勒警官說：「啊，算啦，親戚常說這種話。」
「是，是，確實如此。不過大家往往很難……欣賞吉拉德。他是知識份子，你知道，而且他有一些不為大家喜歡的反傳統和進步觀念。」
「所以他和令尊合不來？」
艾琳臉紅得厲害。
「家父有偏見，這很不公平。他傷了吉拉德的自尊心。吉拉德是為家父的態度拂袖而去的，我好多個禮拜沒接到他的音訊。」
尼勒警官暗想，若非令尊去世，留給你一筆錢，也許他到現在都還音訊全無。
「你和伏特庫太太還有沒有再談什麼？」
「不，沒有，我想沒有。」

「那是五點二十五分左右的事，到了五點五十五分，有人發現伏特庫太太已經死了。那半個鐘頭你沒回那個房間吧？」

「沒有。」

「你做了些什麼？」

「我……我出去散步。」

「到高爾夫旅館？」

「我……噢，是的，但是吉拉德不在。」

尼勒警官又說了一聲「我明白了」，不過這次有打發人走的意思。艾琳．伏特庫站起來說：「沒有別的事了？」

「沒有了，謝謝你，伏特庫小姐。」

她起身要走的時候，尼勒警官隨口說：「你大概沒有什麼與黑畫眉相關的事可以告訴我吧？」

「黑畫眉？你是指派裡的那幾隻？」

警官暗想，總是在派裡。他只說：「什麼時候發生的？」

「噢，三、四個月以前。家父書桌上也有過幾隻，他氣得要命……」

「他氣瘋了？他有沒有查問？」

「當然有。但是我們查不出是誰放的。」

「你知道他生氣的原因嗎？」

「呃……這種行為本身就很可怕，不是嗎？」

尼勒思慮重重地望著她，但他看不出她臉上有規避的表情。他說：「噢，還有一件事，伏特庫小姐。你知不知道你繼母有沒有立過遺囑？」

艾琳搖搖頭。

「我不知道。我……我猜有。大家通常都會立遺囑，對吧？」

「應該如此，可是也不見得。你自己有沒有立過遺囑呢，伏特庫小姐？」

「不，不，我沒有。到目前為止，我沒有東西可以傳給別人。但現在，當然……」

他由對方的眼神發現，她已體會出身分的改變。

「五萬英鎊是很大的責任，伏特庫小姐，很多事情會因此而改變。」

§

艾琳．伏特庫跨出房門後，尼勒警官若有所思地瞪著前面好幾分鐘。說真的，他有了思考的新材料。瑪麗．竇夫說她在四點三十五分左右看見有人在花園裡，這一來產生幾種新的可能性……當然啦，這是指瑪麗．竇夫說的是實話而言。尼勒警官向來不太相信人家說的是實話。但他檢討她的供辭，看不出她有什麼理由要說謊。瑪麗．竇夫說她看見花園裡有人，他覺得這是真話，她以為花園裡的人是藍斯洛．伏特庫，並提出理由，這在當時的情況下是相當自然的，不過那人顯然不是他。

那人不是藍斯洛．伏特庫，而是一個高度及體型很像藍斯洛．伏特庫的人；而那個時間若有人在花園鬼鬼祟祟行動，又在紫杉樹籬後面潛行，當然值得深思。

除了這句話，她還說她聽見樓上有人走動，此事和另一條線索有關。尼勒曾在阿黛兒．伏特庫閨房的地板上發現一小塊泥巴。尼勒警官想起那個房間裡的漂亮小書桌。小小的仿製古董桌，裡面有個顯眼的祕密抽屜；抽屜中擺著維恩．杜博斯寫給阿黛兒．伏特庫的三封信。尼勒警官辦案，經手過許多不同類型的情書，對於熱情的信、愚蠢的信、多愁善感的信和嘮嘮叨叨的信，他都很熟悉。有些信寫得很小心。尼勒警官把那三封信歸為「謹慎」型。這些信就算在離婚法庭上宣讀，也會判為純友誼信函，不能算數。不過警官暗想，純友誼個鬼！當初尼勒一發現這些信，立刻送往蘇格蘭警場，因為當時的主要問題是，公訴所是否認為有足夠的證據來指控阿黛兒．伏特庫一個人或者阿黛兒．伏特庫和維恩．杜博斯兩個人。樣樣都顯示雷克斯．伏特庫是被妻子毒死的，姦夫是否同謀則無法確定。這些信雖然謹慎，卻也點明維恩．杜博斯是她的情夫；但就尼勒警官看來，信中措辭倒沒有鼓勵犯罪的跡象。也許他們交談間曾有煽動之意，但維恩．杜博斯為人謹慎，絕不會把這種話寫在紙上。

尼勒警官猜想，維恩．杜博斯曾叫阿黛兒．伏特庫把信給毀掉，阿黛兒．伏特庫也自稱毀掉了。

算了，現在他們手頭又多了兩樁命案，可見阿黛兒・伏特庫並未殺害親夫。

除非……尼勒警官想起一種新的假設……除非阿黛兒・伏特庫想嫁給維恩・杜博斯，但維恩・杜博斯要的不是阿黛兒，而是她丈夫死後阿黛兒繼承的十萬英鎊。也許他以為雷克斯・伏特庫會被視為自然死亡……中風或急病發作之類的。畢竟去年人人都為雷克斯・伏特庫的健康擔憂啊（對了，尼勒警官自言自語說，他得調查這個問題。他潛意識中總覺得此事也許很重要）。後來雷克斯・伏特庫的死亡和計畫中不同，醫生及時診斷是中毒，而且把毒藥名稱也說出來了。

假如阿黛兒・伏特庫和維恩・杜博斯犯了罪，那他們的處境如何呢？維恩・杜博斯會心慌，阿黛兒則會失去理智。她可能做出蠢事或說出蠢話來。也許她會打電話給他，沒頭沒腦亂說話，而他知道紫杉小築的人可能會聽見。那維恩・杜博斯接下來會幹什麼？

現在回答這個問題還太早，不過尼勒警官立刻想要上高爾夫旅館去打聽杜博斯四點十五分到六點之間是否在旅館裡。維恩・杜博斯和藍斯洛・伏特庫一樣，個子高高的，皮膚黑黑的。他可能由花園溜到側門，走到樓上，然後呢？找那幾封信，發現不見了？也許在那邊等待時機，等喝完茶、現場只有阿黛兒的時候，就下樓到圖書室？

不過，這一切似乎想得太遠了……

尼勒已盤問過瑪麗・竇夫和艾琳・伏特庫；現在他要看看柏西瓦・伏特庫的太太有什麼話可說。

16

尼勒警官發現柏西瓦夫人在樓上她自用的客廳裡寫信。他一走進房間，她便緊張兮兮地站了起來。

「有什麼事嗎？呃，是不是有……」

「請坐下，伏特庫太太。我只是還有幾個問題要問你。」

「噢，是，是，當然好的，警官。一切都太可怕了，不是嗎？好可怕。」

她緊張地坐在一張扶手椅上。尼勒警官坐上她身邊的一張直立型小椅。他比上回更仔細地打量她，暗想她算是平平凡凡的女人，卻又覺得她不大快樂。她心緒不寧，有諸多不滿，視界不寬，但是對護理這一行也許很熟練，頗能勝任。雖然她和有錢人結婚，得以過悠閒的生活，可是悠閒反而叫她不滿足。她買衣服、看小說、吃零食。他想起雷克斯．伏特庫死亡的那一夜，她興奮莫名，他知道她不是喜好殘酷的刺激，而是平日的生活太煩悶了。面對他搜索的目光，她的眼皮顫動幾下並垂落下來。她似乎顯得緊張又內疚，然而他不敢確定是否如此。

他安慰道：「我們恐怕得反覆偵訊，你們大家一定很煩吧。這一點我了解，不過你明白，很多事情要時間算得準才能研判。聽說你很晚才下樓喝茶？是竇夫小姐上樓來叫你的。」

「是，是，的確如此，她來說茶點已端進去。我不知道那麼晚了，我當時正在寫信。」尼勒警官看看書桌。他說：「我明白了。我想你曾經出去散步。」

「她這麼說？是的，我想你說的沒錯。我正在寫信，房裡很悶，我頭疼，便走出去……呃，去散散步，只到花園轉角。」

「這樣啊。你沒碰見什麼人？」

她瞪著他。

「碰見人？你這話是什麼意思？」

「我只是不知道你散步的時候有沒有看見誰，或者有誰看見你。」

「我只遠遠看見園丁。」她狐疑地望著他。

「然後你進房子，上樓到你房間來。正脫下衣帽，竇夫小姐就來告訴你茶點備好了？」

「是，是，所以我就下樓了。」

「那邊有誰在？」

「阿黛兒和艾琳，一兩分鐘後藍斯洛也來了……我是指我的小叔，你知道，由肯亞回來的那個人。」

「於是你們大家一起喝茶？」

「是的，我們喝茶。後來藍斯洛上樓去看愛菲姨媽，我則回房來繼續寫信。只剩艾琳和阿黛兒在一起。」

他撫慰般點點頭。

「是的，你們走了以後，伏特庫小姐好像和伏特庫太太單獨在一起五分鐘或十分鐘左右。你丈夫還沒回來？」

「噢，沒有。柏西瓦……瓦爾，到六點半或七點左右才到家。他被困在城裡。」

「他搭火車回來？」

「是的，再由火車站搭乘計程車。」

「他搭火車回來是否不太尋常？」

「他有時候會搭火車，次數不多就是了。我想他大概到市區某些很難停車的地方去。他由卡農街坐火車回來比較方便。」

「我明白了。」尼勒警官又說：「我問過你丈夫，伏特庫太太生前有沒有立遺囑。他認為沒有。我想你也不知道吧？」

沒想到珍妮佛．伏特庫拚命點頭。

「噢，我知道。阿黛兒立過遺囑，她告訴我了。」

「真的！什麼時候？」

「噢，沒多久前，我想大概一個月以前吧。」

「這倒有趣。」尼勒警官說。

柏西瓦夫人的身子熱切地往前傾。現在她的表情生動極了，顯然為自己提供了這條大線索而興奮起來。

「瓦爾不知道這回事，沒人知道，我是碰巧發現的。我在街上，剛由文具店出來，看見阿黛兒跨出律師事務所。你知道，是『安瑟和烏拉爾律師事務所』，在高街。」

尼勒說：「本地律師？」

「是的，我問阿黛兒：『你到那邊幹什麼？』她笑著說：『你想不想知道？』我們一起走，她邊走邊說：『我告訴你吧，珍妮佛，我去立遺囑。』我說：『為什麼，阿黛兒，你不是有病吧？』她說她沒病，身體好得很，可是人人都該立遺囑。她說她不願意去找驕傲的倫敦家庭律師畢林斯萊先生，說那個老鬼會向他們家人告密。她說：『珍妮佛，立遺囑是我自己的事，我要照自己的意思去辦，不讓任何人知道。』我說：『好吧，阿黛兒，我不會告訴別人。』她說：『你說了也沒關係，反正你不知道內容。』但這事我沒跟人講。不，我甚至沒告訴瓦爾。我想女人應該團結。尼勒警官，你看呢？」

「我相信你是一片好心，伏特庫太太。」尼勒警官以外交性口吻說。

珍妮佛說：「我自信不是壞心的人。我不太喜歡阿黛兒，你知道我的意思吧。我總覺得她是那種為達目的不擇手段的女子。現在她死了，也許我看錯了她，可憐兒。」

「伏特庫太太，多謝你幫了我這麼多忙。」

「別客氣，能出點力我高興都來不及呢。發生這些事情真可怕，不是嗎？今天早上來的老太太是誰？」

「是瑪波小姐。她好意來提供葛萊蒂的資料。葛萊蒂．馬丁以前好像曾在她家幫傭。」

「真的？太有趣了。」

「還有一件事，柏西瓦太太。你知不知道有什麼和黑畫眉有關的事？」

珍妮佛．伏特庫嚇了一大跳，手提包都掉落在地板上，只得彎身去撿。

「黑畫眉，警官？黑畫眉？哪一種黑畫眉？」

她說話似乎喘不過氣來。尼勒警官微笑說：「就是黑畫眉嘛。活的或死的，甚至是象徵的都行。」

珍妮佛．伏特庫厲聲說：「我不懂你的意思，我不知道你在說什麼。」

「那麼你不知道和黑畫眉有關的事囉？」

她慢慢說：「我猜你是指夏天在派裡發現的那幾隻。一切都荒謬得很。」

「伏特庫先生的書桌上也有，不是嗎？」

「真是無聊的惡作劇。我不知道誰跟你提這些。我公公伏特庫先生非常惱火。」

「只是惱火？沒有別的？」

「噢，我明白你的意思。是的，我想……是的，沒錯。他問我們，附近有沒有陌生人來。」

「陌生人？」尼勒警官揚起眉毛。

柏西瓦少夫人說：「嗯，他是這麼說的。」

尼勒警官若有所思地複述道：「陌生人。」然後他又問她：「他有沒有害怕的跡象？」

「害怕？我不知道你是什麼意思。」

「緊張，我是指為陌生人而緊張。」

「是，是，他相當緊張。我記得不太清楚。事情已經過去好幾個月，你知道。我想那只是愚蠢的惡作劇罷了。說不定是康普幹的。我認為康普不太正常，而且我確定他喜歡喝酒。有時候他的態度侮慢極了。我曾懷疑他怨恨伏特庫先生。警官，你認為有沒有可能？」

「什麼事都有可能。」尼勒警官說完就走開了。

§

柏西瓦．伏特庫到倫敦去了，但尼勒在圖書室找到藍斯洛夫婦。他們正在下棋。

尼勒歉然說：「我實在不想打岔。」

「警官，我們只是消磨時間。對吧，派蒂？」

派蒂點點頭。

尼勒說：「你大概會覺得我的問題很愚蠢。伏特庫先生，你是否知道什麼和黑畫眉有關的事？」

藍斯洛好像覺得很有趣。

「黑畫眉？哪一種黑畫眉？你是指真鳥，還是黑奴買賣？」

尼勒警官突然露出純真的笑容說：「伏特庫先生，我也不太確定自己的意思。只是有人提起黑畫眉罷了。」

藍斯洛好像突然機警起來。

「老天，我想該不是以前的黑畫眉礦場吧？」

尼勒警官厲聲說：「黑畫眉礦場？那是怎麼回事？」

藍斯洛為難地皺皺眉。

「警官，問題是我自己也不太記得。我只是模模糊糊想起我爸過去一樁曖昧的買賣，大概在西非海岸吧。我相信愛菲姨媽曾當面指摘過他一次，但是我記不清楚了。」

「愛菲姨媽？就是蘭貝東小姐吧？」

「是的。」

尼勒警官說：「我去問她。」然後又懊惱地加上一句：「伏特庫先生，她真是個可怕的老太婆，總是害我緊張得很。」

藍斯洛大笑。

「是的，愛菲姨媽的確是個怪人，不過警官，如果你走對了方向，她對你可能會有幫助……尤其是你要挖掘往事的話。她記憶力好極了，喜歡回想任何有害的事。」他又思忖道：「還有一點，你知道，我回來不久就上樓看她……就在那天喝完茶後。她談起葛萊蒂，也就是被殺的女孩子，當然我們不知道她已經死了。愛菲姨媽說她相信葛萊蒂知道某些事，但沒告訴警方。」

尼勒警官說：「這似乎可以確定。可憐的女孩，現在她永遠不能開口了。」

「愛菲姨媽好像曾勸她把知道的事情都說出來，可惜她沒接受。」

尼勒警官點點頭。他振作精神，攻入蘭貝東的要塞。出乎意料之外，他發現瑪波小姐也在場。兩位老婦人好像正在討論外國傳教任務。

「我要走了，警官。」瑪波小姐匆匆站起身。

「女士，用不著。」尼勒警官說。

蘭貝東小姐說：「我邀請瑪波小姐來這邊住。到可笑的高爾夫旅館花錢簡直沒道理嘛。那是投機客的惡巢，他們整晚喝酒玩牌。她不如到正經的基督教家庭來住。我隔壁有個房間，上回住的是傳教士瑪麗．彼德斯博士。」

瑪波小姐說：「你真是太客氣了，可是我覺得不該打擾守喪的人家。」

蘭貝東小姐說：「守喪？胡扯！這棟房子裡有誰為雷克斯落淚？為阿黛兒落淚？你擔心

警察是不是？警官，你有異議嗎？」

「女士，我沒有。」

「你看吧。」蘭貝東小姐說。

瑪波小姐感謝說：「你真好，我去打電話給旅館，取消我訂的房間。」

她踏出門外，蘭貝東小姐高聲對警官說：「好啦，你有什麼事？」

「女士，不知道你能不能告訴我黑畫眉礦場的事。」

蘭貝東小姐突然尖聲笑起來。

「哈，你查到這件事來啦！接受前幾天我對你的暗示了。好吧，你想知道什麼？」

「女士，你能告訴我多少，我就聽多少。」

「我能告訴你的資料並不多，現在已事隔好久了……噢，大概二十到二十五年囉。是東非某處的採礦權。我妹夫和一個姓麥坎齊的人合夥，他們一起到那邊調查礦場，後來麥坎齊發燒死掉，雷克斯回來說那個礦場一文不值。我只知道這些。」

尼勒勸誘道：「女士，我想你知道的不只這些。」

「其他的全是謠傳，傳聞在法律上是不算數的。」

「女士，你還沒上法庭呢。」

「好吧，我無法告訴你什麼。我只知道麥坎齊家的人來大鬧過一場。他們硬說雷克斯騙了麥坎齊，我想這是真話。他為人精明，不擇手段，可是我相信他的所作所為完全合法。

他們無法證明什麼。麥坎齊太太的精神不大正常。她來這邊恐嚇要報仇，說雷克斯謀害她丈夫。愚蠢又誇張，大驚小怪！我想她腦筋有問題，我記得她不久就進了療養院。她拖著兩個嚇得半死的小孩來這邊，說要把孩子養大，叫他們報仇……大概就是這樣。小丑行徑，真是的。好啦，我就只能告訴你這些。告訴你，雷克斯一生不只幹過黑畫眉礦場這件詐欺案，你只要查查，可以發現很多。你怎麼會想到黑畫眉礦場呢？你是不是抓到什麼線索，顯示是麥坎齊那家人幹的？」

「女士，你知不知道後來那家人怎麼樣了？」

蘭貝東小姐說：「不知道。告訴你，我不認為雷克斯真的動手謀害麥坎齊，不過他可能見死不救。在天主面前是一回事，但在法律面前不一樣。他若真那麼做，現在報應來啦。上帝的石磨轉得慢，卻磨得細小無比……你還是走吧，我不會再說什麼，你問也沒有用。」

「多謝你告訴我這些資料。」尼勒警官說。

蘭貝東小姐在他背後嚷道：「叫那個姓瑪波的女人回來。她很無知，和所有英國國教派的人一樣，但她懂得用合理的辦法經營慈善事業。」

尼勒警官打了兩通電話，一通給「安瑟和烏拉爾律師事務所」，另一通打到高爾夫旅館，然後叫海依巡佐過來，說他自己要暫時離開這棟房子。

「我要去拜訪一家律師事務所……然後，若有急事你可以打到高爾夫旅館去找我。」

「是的，長官。」

「全力查查黑畫眉的事。」尼勒回頭說。

「黑畫眉，長官？」海依巡佐莫名其妙地說。

「我說的就是這個……不是黑莓醬，而是黑畫眉。」

「好的，長官。」海依巡佐手足無措地說。

17

尼勒警官發現安瑟先生是那種容易受威嚇而不善於威嚇別人的律師。他的事務所規模小，生意不佳，他不急著維護自己的權利，反而盡可能協助警方。

他說，他曾經為已故的阿黛兒．伏特庫太太立過遺囑。她大約五週前到他的事務所來；他覺得怪怪的，但是他當然沒有說什麼。律師執業難免碰見怪事，警官必然了解他的顧慮等等。警官點頭表示了解。他發現安瑟先生從前未替伏特庫太太或伏特庫家的任何人辦理法律事務。

安瑟先生說：「她自然不願為這件事去找她丈夫的特約法律事務所。」

去除了累贅的字句，內容很簡單。阿黛兒．伏特庫立下遺囑，把她去世時擁有的財物全部留給維恩．杜博斯。

安瑟先生以詢問的表情看看尼勒說：「不過，我聽說她沒有多少東西可遺贈給人。」

尼勒警官點點頭。阿黛兒・伏特庫立遺囑的時候確實如此。但後來雷克斯・伏特庫死了，阿黛兒・伏特庫繼承到十萬英鎊，現在那十萬英鎊（扣掉遺產稅）大概屬於維恩・愛德華・杜博斯吧。

§

到了高爾夫旅館，尼勒警官發現維恩・杜博斯緊張兮兮地在等他。杜博斯本來正想離開，行李都收拾好了，但突然接到尼勒警官客客氣氣阻留的電話。尼勒警官的語氣和善，充滿歉意；但客套之外形同在命令他。維恩・杜博斯稍作抗辯，卻並不堅持。

現在他說：「尼勒警官，希望你了解，我不便再留下來，我真的有緊急事務要去辦。」

尼勒警官和顏悅色地說：「我不知道你還有經營事業，杜博斯先生。」

「現代社會恐怕沒有人真像外表看起來那麼悠閒。」

「杜博斯先生，伏特庫太太的死訊對你必是一大打擊。你們是好朋友，對吧？」

杜博斯說：「是的，她是個迷人的女性，我們常常在一起打高爾夫球。」

「我料想你一定十分思念她。」

杜博斯嘆了一口氣。

「是的，沒錯，這件事真的很恐怖。」

「我相信她去世的那天下午，你曾打電話給她？」

「有嗎？我現在想不起來了。」

「聽說是四點左右。」

「是的，我相信自己打了那通電話。」

「杜博斯先生，你還記得談話內容嗎？」

「不是太重要的事。我大概是問她心情如何，她丈夫的命案有沒有進一步的消息。只是客套的詢問罷了。」

尼勒警官說：「我明白了。」又說：「接著你就出去散步？」

「呃……是，是，我大概……去了。不過不是散步，我打了幾桿高爾夫球。」

尼勒警官輕聲說：「我想不是吧，杜博斯先生。那天不是……旅館的門房看見你沿著大路往紫杉小築走。」

杜博斯正視他的眼睛，然後緊張兮兮地移開視線。

「警官，我恐怕記不得了。」

「也許你曾去找伏特庫太太？」

杜博斯猛然說：「不，不，我沒有。我根本沒走近那裡。」

「那你去哪裡？」

「噢，我……我沿著大路走到三鴿園，然後回頭，由高爾夫球場回來。」

「你確定沒到紫杉小築？」

「確定沒有，警官。」

警官搖搖頭。

「得了，杜博斯先生，你不如跟我說實話。你去那邊可能有幾個清白的理由。」

「告訴你，我那天沒去看伏特庫太太。」

警官站起身，用愉快的口吻說：「杜博斯先生，你知道，我們可能要你做口供，你供述時有權請律師到場，這樣你就能得到較佳的忠告。」

杜博斯臉色發白，泛出病懨懨的青色。

「你在威脅我，你在威脅我。」

尼勒警官憤然說：「不，不，沒有這回事，我們不能這麼做。正好相反，我是在向你指出你有某種權利。」

「告訴你，我和這些事沒有牽連！沒有牽連。」

「得了吧，杜博斯先生，那天四點半左右你人在紫杉小築。有人從窗口往外看，碰巧看見你。」

「我只到花園，沒走進屋子裡。」

尼勒警官說：「你沒有？你敢保證？你沒從側門進去，上樓到伏特庫太太的客廳？你曾在書桌前找東西吧？」

杜博斯繃著臉說：「我猜是你拿去了。阿黛兒那個笨蛋把信留著……她發誓說燒掉了，可是她沒照我想的做。」

「杜博斯先生，你不否認你是伏特庫太太的密友？」

「是，我當然不否認。你都拿到那些信了，我怎麼能否認呢？我只想說，你們用不著從中尋找犯罪的指涉。別以為我們……她曾經起意要除掉雷克斯．伏特庫。老天，我不是那種男人！」

「說不定她是那種女人？」

維恩．杜博斯嚷道：「胡扯，她不是也被殺了嗎？」

「噢，是的，是的。」

「推測是殺她丈夫的人也殺了她，應該算合情合理嗎？」

「可能，可能是。不過還有別種答案。例如（這純粹是假設，杜博斯先生）……伏特庫太太可能殺了她丈夫，而他死後，另外一個人覺得她會帶來危險。這個人也許沒幫助犯案，卻至少鼓勵過她，或者提供了她犯案的動機。你知道，她對那人可能有危險性。」

杜博斯結結巴巴說：「你不……不、不能羅織罪名來指控我，你不能這樣。」

尼勒警官說：「她立過遺囑，你知道。她把所有的錢留給你，一切財物都由你繼承。」

「我不要錢，我一文都不要。」

尼勒警官說：「當然啦，數目其實不多。有珠寶，有毛皮衣物，但是我想現金不多。」

杜博斯瞪著他，下巴往下垂。

「但我認為她丈夫……」

他突然住口。

尼勒警官說：「你以為什麼，杜博斯先生？」如今他的聲音硬如鋼鐵。「很有趣，我懷疑你知不知道雷克斯・伏特庫遺囑的內容……」

§

尼勒警官在高爾夫旅館約談的第二個人是吉拉德・萊特先生。吉拉德・萊特先生瘦瘦的，智識程度高，是頗為優秀的青年。尼勒警官發現他的體型跟維恩・杜博斯有點相像。

「有什麼事要我效勞的，尼勒警官？」他問道。

「萊特先生，我想你大概能提供我們一點資料。」

「資料？真的？似乎不太可能。」

「和紫杉小築最近的事變有關。你當然聽說了吧？」

尼勒警官問話含有一點諷刺的意味。萊特先生神氣十足地笑一笑。

「『聽說』一詞用得不恰當。報上淨是這個消息，幾乎不登別的。我們的媒體簡直殘忍得不可思議！現在是什麼時代嘛！一方面猛烈製造原子彈，一方面又喜歡報導殘酷的命案！

不過你說你有話要問我。真的，我想不出是什麼。我對紫杉小築的命案一無所知。雷克斯．伏特庫被殺的時候，我正在男人島。」

「事發後不久，你就來到這兒了吧，萊特先生？我想你收到艾琳．伏特庫的電報。」

「我們的警察真是無所不知，對吧？是的，艾琳打電報叫我過來，我當然立刻就趕來。」

「聽說你們馬上要結婚了？」

「是的，尼勒警官，但願你不反對。」

「這是伏特庫小姐自己的事。聽說你們交往了一段時間？大概六、七個月吧？」

「沒錯。」

「你和伏特庫小姐訂了婚，伏特庫先生不同意，通知你說，他女兒若違背父命結婚，他不打算給她財產。就我所知，你立即解除婚約離去。」

吉拉德．萊特露出憐憫的笑容。

「尼勒警官，這種說法太露骨了。事實上，我是為政治觀點而犧牲。雷克斯．伏特庫是最差勁的資本主義者，我自然不能為錢捨棄政治信念。」

「但你不反對娶個剛繼承五萬英鎊的太太？」

吉拉德．萊特露出滿足的笑容。

「才不呢，尼勒警官。這筆錢要用來為社會謀福利。不過你絕不是來這兒和我討論我的財務狀況……或者政治信念吧？」

「不，萊特先生，我要跟你談一個簡單而實際的問題。你知道，阿黛兒．伏特庫太太在十一月五日下午死於氰化物中毒。既然那天下午你在紫杉小築附近，我想你可能看到或聽到和案情有關的事。」

「你憑什麼認定我當時在紫杉小築附近？」

「萊特先生，那天下午你四點一刻離開旅館。走出旅館後，你沿著大路往紫杉小築的方向走。我自然猜想你要去那邊。」

吉拉德．萊特說：「我是想去，可是我覺得這樣沒什麼意義。我已經約好六點要在旅館和伏特庫小姐見面。我沿著大路岔出來的一條巷子漫步，六點以前回到高爾夫旅館。艾琳並未如約前來……在那種情況下是很自然的。」

「萊特先生，你散步時有沒有人看見你？」

「我想大路上有幾輛車由我身邊超過去。我沒看見熟人……你大概是指這個意思吧？巷子比馬車道大不了多少，還泥泥濘濘的，不適宜行車。」

「那麼，從四點十五分你走出旅館到六點你回來的這段時間，你的行蹤只有你自己的話可作為憑證囉？」

吉拉德．萊特繼續露出優越感十足的笑容。

「警官，這對我們雙方來說都很困擾，不過事實就是如此。」

尼勒警官柔聲說：「假如有人說，他們由梯台窗口往外看，望見你四點三十五分左右在紫杉小築的花園裡……」他停下來，不把話說完。

吉拉德·萊特揚起眉毛搖搖頭。他說：「那時候能見度很差，我想誰都不可能看清楚。」

「你認不認識維恩·杜博斯先生？他也住在這兒。」

「杜博斯。杜博斯？不，我不認識。是不是那位高高瘦瘦、喜歡穿小山羊皮鞋的男子？」

「是的，他那天下午也出去散步，也走出旅館，經過紫杉小築。你沒在路上看見他？」

「不，沒有，我想沒有。」

吉拉德·萊特第一次顯得有點擔心。

尼勒警官思慮道，那天下午不宜散步，何況是天黑後的泥濘小巷。奇怪，大家的活力怎麼都如此充沛？

§

尼勒警官回到小築，海依巡佐志得意滿地問候他。

「長官，我替你查到黑畫眉的事了。」

「真的？」

「是的，長官，是在派裡發現的……留到星期日晚餐要吃的冷派。有人在食品室或別的地方找到那個派，把麵皮拿掉，取出裡面的小牛肉，你猜他們放了什麼進去？幾隻由園丁工棚拿來的死畫眉鳥。真是下流的把戲，對吧？」

尼勒警官說：「這不是國王的一道豪華大菜嗎？」

他任由海依巡佐在身後瞪大了眼睛。

／18

「等一下，我這局單人橋牌快要打出結果了。」蘭貝東小姐說。

她把「國王」和各種「輜重」移入空地，把紅7放在黑8上面，在基地堆擺上黑桃4、5、6，又迅速移動幾張牌，然後身子往後靠，滿意地嘆息一聲。

「雙J，不常出現的。」

她心滿意足地仰靠著，抬眼看看壁爐邊站立的女孩。

「你就是藍斯洛的太太？」她說。

派蒂奉召上來看看蘭貝東小姐，她點點頭。

「是的。」她說。

蘭貝東小姐說：「你是高個子女孩，而且看來很健康。」

「我是非常健康。」

蘭貝東小姐點頭表示滿意。她說：「柏西瓦的太太像個麵糰似的。吃太多甜食，運動又不夠。孩子，坐下，坐下吧。你在什麼地方認識我外甥的？」

「我和幾個朋友住在肯亞的時候，在那邊碰見他。」

「聽說你以前結過婚。」

「是的，兩次。」

蘭貝東深吸了一口氣。

「我猜是離婚。」

派蒂說：「不是，」她的聲音有點發抖。「他們都……死了。我的第一任丈夫是空軍飛行員，他戰死了。」

「那第二任丈夫呢？我想想，有人告訴我，是舉槍自殺，對吧？」

派蒂點點頭。

「是你的錯？」

派蒂說：「不，不是我的錯。」

「他是賭馬狂吧？」

「是的。」

蘭貝東小姐說：「我一輩子沒上過跑馬場。打賭和打牌……全是魔鬼的把戲！」

派蒂不答腔。

蘭貝東小姐說：「我也不看舞台劇或電影。啊，算啦，今天的世界邪門得很。這棟房子裡就有不少壞事發生，可是上帝會把它們打垮的。」

派蒂依然無話可說。她不知道藍斯洛的愛菲姨媽是否正常，可是老太婆以精明的眼光打量她，她覺得很不自在。

愛菲姨媽問道：「你對你的夫家知道多少？」

「我想就和一般人對夫家的了解差不多吧。」

「哼，有道理，有道理。好吧，我告訴你。我妹妹是傻瓜，我妹夫是惡棍，柏西瓦是卑鄙小人，你丈夫藍斯洛是個不肖子。」

「我想這都是胡扯。」派蒂堅定地說。

沒想到蘭貝東小姐說：「也許你說得對，我們不能亂給別人貼標籤，可是別低估了柏西瓦喔。大家往往認為貼了好人標籤的人就是笨蛋。柏西瓦才不笨哩。他故作清高，精明得很。我向來不喜歡他。告訴你，我不信任藍斯洛也不贊許藍斯洛，但我忍不住喜歡他……他是個大膽的傢伙，向來如此。你得看著他，別讓他做得太過分。孩子，叫他別低估柏西瓦，叫他別相信柏西瓦說的話。這棟屋子裡的人全是騙子，」老太婆又滿意地加上一句：「他們注定要到地獄去接受烈火和硫磺的考驗。」

§

尼勒警官和蘇格蘭警場通電話。

副局長在電話線另一頭說：「我們送傳單到各私立療養院，應該能為你查到資料。當然她也可能死了。」

「可能。事情已過了這麼久。」

善惡到頭終有報，這是蘭貝東小姐說的，說得別有深意，彷彿要暗示他。

副局長說：「這是個古怪的理論。」

「我知道，長官。但我覺得這條線索不能完全拋下不理。很多方面都符合……」

「是，是。黑麥、黑畫眉、死者的名字……」

尼勒說：「我也有注意其他方向。可能是杜博斯，也可能是萊特——女傭葛萊蒂也許在側門外瞥見他們，遂把茶盤放在門廳，出去看看是誰、要幹什麼——不管是誰，他都可能當場勒死她，把屍體拖到曬衣繩附近，在她鼻子上夾一根曬衣夾……」

「真是瘋狂的舉動！而且很可惡。」

「是的，長官，那位老太太就是為此而生氣……我是指瑪波小姐。她是個親切的老太太，很精明。她已經搬到那棟房子去住，以便接近蘭貝東小姐。我相信她會打聽到消息。」

「尼勒，你的下一步計畫是什麼？」

「我和倫敦的律師們有約，我要再去查一點雷克斯．伏特庫的資料。黑畫眉礦場的事情雖然已成歷史，我仍想打聽打聽。」

§

「畢林斯萊、荷史索和瓦特聯合事務所」的畢林斯萊先生是個典型的都市人，他那慎重的態度掩蓋了滿腔的智慮。這是尼勒警官第二次約見他，這回畢林斯萊的顧慮沒有上次那麼明顯。

紫杉小築的三重命案粉碎了畢林斯萊先生職業上的保留。現在他一心想把事實陳述給警方聽。

「這件事非比尋常，非比尋常。我開業多年，從來沒碰過這種事。」

尼勒警官說：「坦白說，畢林斯萊先生，我們需要各種協助。」

「先生，你不妨信任我。我樂意盡可能協助你。」

「首先我想問你和已故的伏特庫先生熟不熟，你對他公司的事知道多少？」

「我和雷克斯．伏特庫很熟，也就是說，我認識他十六年左右了。告訴你，他不只聘用我們這一家律師事務所。」

尼勒警官點點頭。他知道這一點。「畢林斯萊、荷史索和瓦特聯合事務所」可以說是雷克斯·伏特庫聘用的正派律師。若有不名譽的交易，他就改找幾家操守較差的事務所。

畢林斯萊先生說：「現在你想問什麼？遺囑的事情我都告訴你了。柏西瓦·伏特庫是遺產繼承人。」

尼勒警官說：「我對他遺孀的遺囑很感興趣。伏特庫先生死後，她可以繼承十萬英鎊，對吧？」

畢林斯萊先生點點頭。

「數額相當大。警官，我偷偷告訴你，他們公司很難付清這筆錢。」

「那麼公司的情況不佳囉。」

畢林斯萊先生說：「坦白說……請不要告訴別人，公司眼看就要垮台，困境已經延續一年半。」

「有沒有特殊的理由？」

「有的，我想理由在於雷克斯·伏特庫本人。這一年來雷克斯·伏特庫行事像瘋子，到處拋售績優股票，買進投機產品，一直說大話，不肯聽信忠言。兒子柏西瓦來這邊求我勸他父親。他勸過，父親顯然不理睬。噢，我盡了力，但是伏特庫不聽人講理。真的，他好像變了一個人。」

「我聽說他的心情並不沮喪。」

「不，不，正相反，瘋瘋癲癲，誇張極了。」

尼勒警官點點頭。原先已在他腦子裡生成的觀念如今更加強幾分。他自覺漸漸了解了柏西瓦和父親摩擦的理由。畢林斯萊先生繼續說下去。

「不過你別問我伏特庫太太的遺囑。我沒替她立過遺囑。」尼勒說：「是沒有，我知道。我只是要確定她有財產可以遺贈給人，簡言之，她有十萬英鎊遺產。」

畢林斯萊先生拚命搖頭。

「不，不，先生，你弄錯了。」

「你意思是說，那十萬英鎊只留給她生前享用？」

「不，不，是完全留給她。但是遺囑另有條款。也就是說，除非伏特庫太太比丈夫多活一個月，否則她不能繼承那筆錢。我要說明一下，這種條款在今天十分普遍，因為飛機航行靠不住才實施的。如果空難中兩個人都死了，很難判定誰先死誰後死，這樣會發生許多奇怪的問題。」

尼勒警官瞪著他。

「那麼阿黛兒．伏特庫沒有十萬英鎊財產可送人囉。那筆錢怎麼樣了？」

「回歸公司……不如說是落到財產繼承人手上。」

「財產繼承人是柏西瓦．伏特庫先生。」

「對，那筆錢落在柏西瓦．伏特庫手上。」畢林斯萊毫無戒心地說：「以公司目前的狀況，我想他需要這筆錢！」

§

尼勒警官的醫生朋友說：「是你們警方想知道的事。」

「快，鮑伯，說呀。」

「幸虧只有我們兩個人，你不能公開引述我的話！不過我要說，你的想法完全正確。看來是麻痺性癡呆什麼的。家屬起疑，要他去看醫生，他不肯。那種症狀和你描述的一模一樣，失去判斷力、誇大妄想、容易發脾氣、吹牛、幻想榮華、幻想自己是金融奇才。患這種病的人很快就能把一家實力甚強的公司搞垮，除非他的行為能受抑制……這可不大容易喔，如果他本人知道你想幹什麼，更不容易成功。是的，我想他的去世，對你的朋友們來說是一大幸事。」

尼勒說：「他們不是我的朋友。」然後複述他以前說過的話。「他們都是非常不討人喜歡的人……」

19

伏特庫全家在紫杉小築的客廳裡集合。

柏西瓦・伏特庫倚著壁爐架對大家說話。

「一切都沒問題，不過整個情況叫人不滿。警察來來去去，什麼話都不跟我們說。他們看似順著某一路線調查，然而案情又膠著不動。我們不能訂計畫，也不能安排未來的事情。」

珍妮佛說：「真不體貼，太莫名其妙。」

柏西瓦繼續說：「警方仍禁止我們離開這棟房子。但我認為我們不妨先討論未來的計畫。你呢，艾琳？我聽說你要嫁給——他叫什麼來著——吉拉德・萊特？什麼時候？」

「愈快愈好。」艾琳說。

柏西瓦皺皺眉。

「你是說，大約再過六個月？」

「不，才不呢，我們何必再等六個月？」

「我想這樣比較合乎禮法，」柏西瓦說。

艾琳說：「胡扯。一個月，我們最多等一個月。」

柏西瓦說：「好吧，你自己決定。你結婚後有什麼計畫？」

「我們想辦一所學校。」

柏西瓦搖搖頭。

「這種時機辦學校太冒險了。僕役的人力缺乏，教職員也難找……艾琳，這想法聽來不錯，不過換成是我，我會三思。」

「我們考慮過了。吉拉德覺得國家的前途完全依賴正確的教育。」

柏西瓦說：「我後天要去見畢林斯萊先生。我們得討論各種財務問題。他建議你用爸留給你的錢設立個人和子女的信託基金。現在這種辦法很可靠。」

艾琳說：「我不要。我們需要辦學校的資金。我們聽說有一間很適合的房子要出售，地點在康沃爾。庭園漂亮，房子也相當好。不過得再改建一番，加蓋幾間側廂。」

「你是說……你是說你要從公司抽走你所有的錢？真的，艾琳，我認為你的做法不聰明。」

「我想抽出來比留在公司裡聰明多了。到處有公司破產。瓦爾，爸去世前，你親口說過公司情況很糟糕。」

柏西瓦含含糊糊說：「人免不了說這種話嘛，不過艾琳，你把資金全部抽出去買房子、添設備、辦學校，我認為你簡直發瘋了。如果不成功怎麼辦呢？你會落得一文不名。」

艾琳執拗地說：「我們會成功的。」

藍斯洛躺在椅子上鼓勵道：「我支持你。艾琳，試試看吧。我認為你們的學校一定很怪異，不過這是你們——你和吉拉德——想做的事。就算你們賠錢，至少已享受到從心所願的滿足感。」

柏西瓦尖刻地說：「藍斯洛，誰都料得到你會說這種話。」

藍斯洛說：「我知道，我知道，我是敗家子。不過柏西瓦老哥，我仍覺得自己的人生比你有樂趣。」

柏西瓦冷冷地說：「那要看所謂樂趣是什麼。藍斯洛，接下來我們要談你的計畫了。我猜你要回肯亞，或加拿大，或者去爬聖母峰，還是做點古怪的事？」

「你怎麼會這樣想呢？」藍斯洛說。

「咦，你向來不習慣過英國的家居生活，對吧？」

藍斯洛說：「人年紀大了就會改變，想要定下來。柏西瓦老哥，你知不知道，我想試試做個認真的商人。」

「你意思是說……」

藍斯洛咧嘴一笑。

「老哥，我是說，我要進公司跟你合作。噢，當然啦，你是大股東。你的股份大得很。我只是很小的股東。不過我也有股權，能參與公司事務，對吧？」

「噢……是的，你這麼說當然沒錯。不過老弟，我告訴你，你會厭煩到極點。」

「這我懷疑，我不相信自己會厭煩。」

柏西瓦皺皺眉。

「藍斯洛，你不是認真想要進公司吧？」

「插手管事？是的，我就想這麼做。」

柏西瓦搖搖頭。

「你知道，公司情況很糟糕，你馬上就會發現。艾琳如果堅持要抽走她名下的財產，我們大概只能勉強付清。」

藍斯洛說：「喂，艾琳，你看你多聰明，堅持要趁鈔票還在的時候撈走。」

珍妮佛說：「藍斯洛，我認為你說話不妨小心一點。」

派蒂坐在窗邊，和大家隔一段距離，她依次打量他們。如果這就是藍斯洛所謂「故意整柏西瓦」，她看出藍斯洛已達到目的了。

柏西瓦的冷靜受到了挑戰。他怒喝道：「藍斯洛，你是認真的嗎？」

「百分之百認真。」

「行不通的，你知道，你很快就會受不了。」

「才不哩。想想，這對我是多大的變化：一間市區辦公室，有打字員走來走去。我要請一位和柯芬農小姐一樣的金髮祕書……她姓柯芬農吧？我猜你把她搶去了。不過我要找一個像她的人。『是的，藍斯洛先生；不，藍斯洛先生。你的茶，藍斯洛先生。』」

柏西瓦喝斥說：「噢，別要寶了。」

「你何必生氣呢，哥哥？你不指望我為你分憂解勞嗎？」

「你根本不知道情況亂到什麼程度。」

「是啊，你得說給我聽。」

「首先你要明白，最近六個月……不，不止，最近一年來爸不太正常。在財務上，他做出難以相信的蠢事，把好股票賣掉，買進各種投機股權。有時候一轉手就把錢丟光，也可以說純粹要享受花錢的樂趣。」

藍斯洛說：「他喝茶被塔西因毒死，對家人真有好處。」

「這種說法太不厚道，不過，大體上你說得沒錯。唯有這樣我們才能免於破產。但我們必須非常謹慎，行事要小心。」

藍斯洛搖搖頭。

「我不同意。謹慎對人來說向來沒好處。你必須冒點險，盡情發揮一下，你必須追求大目標。」

「我不同意。謹慎和節約是我們的座右銘。」

「可不是我的。」藍斯洛說。

柏西瓦說：「記住，你只是小股東。」

「好吧，好吧，不過我照樣有一點點發言權。」

柏西瓦激動地在屋裡踱來踱去。

「沒有用的，藍斯洛。我喜歡你和……」

「真的嗎？」藍斯洛插嘴說。

柏西瓦好像沒聽見。

「不過我真的認為我們不可能合作。我們的觀點完全不同。」

「這也許有好處哩。」藍斯洛說。

柏西瓦說：「唯有拆股才是合理的做法。」

「你要買下我的股份……是這個打算嗎？」

「老弟，我們的看法有天淵之別，這是唯一行得通的做法。」

「你若連艾琳該得的遺產都難以付清，那你要怎麼支付我的股份呢？」

柏西瓦說：「噢，我不是指現金。我們可以……呃，分一分各種股權。」

「我猜穩當的由你保留，投機性最嚴重的由我拿走，是吧？」

「你似乎比較喜歡那些嘛。」柏西瓦說。

藍斯洛突然咧嘴一笑。

「柏西瓦老哥，你說得沒錯。但我不能完全縱容自己的喜好，我還得替派蒂著想呢？」

兩個男人都看著她。派蒂張開嘴巴又闔上了。

無論藍斯洛玩的是啥把戲，她最好別插手。她確定藍斯洛有特別的用意，但她不太知道他的目標是什麼。

藍斯洛笑道：「列出來吧，柏西瓦。假鑽石礦、難以到達的紅寶石礦、沒有石油的油田開採權。你以為我像外表看來那麼傻？」

柏西瓦說：「當然啦，有些股權投機性甚高，不過請記住，最後也可能極有價值。」

藍斯洛露齒道：「改變口風啦？想把爸最近買的投機股份和以前的黑畫眉礦場等玩意兒推給我。對了，警官有沒有問你黑畫眉礦場的事？」

柏西瓦皺皺眉。

「有，他問了，我想不出他要打聽什麼。我沒有多少事可以奉告。當年你我都是小孩子。我只記得爸遠行到那兒，回來說事情不妙。」

「那是什麼，金礦嗎？」

「我相信是，爸回來肯定地說那邊沒有黃金。告訴你，爸是不會弄錯的。」

「誰拉他參加的？是個姓麥坎齊的人吧？」

「是的，麥坎齊死在那邊。」

藍斯洛思忖道：「麥坎齊死在那邊。是不是有人來大吵大鬧？我好像記得……是麥坎齊太太吧？來這邊大罵爸一頓，甚至詛咒他。如果我記得沒錯，她指控爸謀害她丈夫。」

柏西瓦強壓住情緒說：「我真的不記得有這種事。」

藍斯洛說：「我倒記得。當然啦，我年紀比你小很多，也許就是因此才感興趣吧。身為小孩，我覺得那件事好精采。黑畫眉礦場在什麼地方？是不是西非？」

「是的，我想是吧。」

「改天我到辦公室，要查查採礦權。」藍斯洛說。

柏西瓦說：「你可以相信爸不會弄錯的。他若回來說沒黃金，就是沒黃金。」

藍斯洛說：「你說的可能沒錯。可憐的麥坎齊太太。不知道她和她帶來的那兩個小孩怎麼了。真奇妙，他們現在一定長大了。」

20

尼勒警官坐在私立松林療養院的會客室裡，面對一位灰髮的老婦人。海倫・麥坎齊看來年輕，但其實已經六十三歲。她的眼珠子呈現淺藍色，目光茫茫然；下巴薄薄的，顯得不太果斷；她的上唇很長，不時抽動一兩下。她的腿上放了一本大書，尼勒警官和她說話時，她都低頭看著書本。尼勒警官想起他剛才和院長克羅斯貝醫生的談話。

克羅斯貝醫生說：「她是自願進來的病人，不是被證明發瘋的。」

「那她不具危險性囉。」

「噢，不，她的精神大抵很正常，說話與一般人沒兩樣。現在她情況滿好的，你可以和她正正常常說話。」

尼勒警官記住這句話，開始發言。

「夫人，多謝你肯見我。我姓尼勒。我來找你，是要談一位最近死亡的伏特庫先生……

雷克斯·伏特庫先生。我想你知道這個名字。」

麥坎齊太太的眼睛盯著書本。她說：「我不知道你在說什麼。」

「夫人，伏特庫先生，雷克斯·伏特庫先生。」

麥坎齊太太說：「不，不，當然不知道。」

尼勒警官有點吃驚。他不知這是否就是克羅斯貝醫生所謂的「正常」。

「麥坎齊太太，我想你多年前認識他。」

麥坎齊太太說：「其實不是，是昨天。」

尼勒警官猶豫不決地說出他的口頭禪：「我明白了。」又說：「我相信多年前你曾到他家紫杉小築去找過他。」

麥坎齊太太說：「房子奢華極了。」

「是，是，可以這麼說。我想他曾經和你丈夫在非洲投資一處礦場。名字大概叫黑畫眉礦場吧。」

麥坎齊太太說：「我必須看書，時間不多了，我必須看書。」

「是的，夫人。是的，我明白。」

現場靜默了一會。尼勒警官繼續說：「麥坎齊先生和伏特庫先生一起到非洲去勘察礦場。」

麥坎齊太太說：「那是我丈夫的礦場，他發現的，而且申請了採礦權。他需要資金，就去找雷克斯．伏特庫。我如果聰明些，如果知情，絕不讓他這麼做。」

「是啊，我明白。他們一起到非洲，你丈夫發燒死在那兒。」

麥坎齊太太說：「我得看書了。」

「麥坎齊太太，你是不是認為，黑畫眉礦場的事情，伏特庫先生騙了你丈夫？」

麥坎齊太太眼睛仍舊望著書本說：「你好笨。」

「是，是，我承認……不過你明白，事隔已久，要查一件早就過去的事相當困難。」

「誰說事情過去了？」

「我明白。你不認為這件事已成過去？」

「問題要公平解決才算解決，作家吉卜林說的。現在沒有人要看吉卜林的作品，但他是偉人。」

「你認為最近問題會公平解決嗎？」

「雷克斯．伏特庫死了，對吧？你說的。」

尼勒警官說：「他是被人毒死的。」

麥坎齊太太大笑，頗叫人心慌。

「胡扯，他是發燒死的。」

「我談的是雷克斯．伏特庫先生。」

「我也是啊。」她突然抬頭，用淺藍色的眼睛望著他說：「算了，他死在自己的床上，對吧？他死在自己床上？」

「他死在聖猶大醫院。」尼勒警官說。

麥坎齊太太說：「沒人知道我丈夫死在哪裡。沒人知道他是怎麼死的、葬在什麼地方。大家所知全是雷克斯．伏特庫說的。雷克斯．伏特庫是騙子！」

「你認為那件事可能有詐？」

「有詐，有詐。雞鴨會生蛋，對吧？」

「你認為你丈夫死亡，雷克斯．伏特庫應該負責？」

麥坎齊太太說：「我今天早餐吃了一顆蛋，很新鮮哩。想一想居然是三十年前的事，不是挺奇怪嗎？」

尼勒倒抽了一口氣。他好像不可能查出什麼，但他鍥而不捨。

「雷克斯．伏特庫死前一兩個月，有人在他桌上放了幾隻黑畫眉死鳥。」

「有趣，非常非常有趣。」

「夫人，你知不知道誰會這麼做？」

「光是空想沒有用，必須行動。你知道，我撫養他們，就為了這個，為了行動。」

「你是說你的兒女？」

她迅速點點頭。

「是的，唐納和露比。他們九歲和七歲就失去父親。我叮囑他們，我天天叮囑他們，我夜夜叫他們發誓。」

尼勒警官向前探身。

「你叫他們發什麼誓？」

「當然是發誓要殺他嘛。」

「我明白了。」

尼勒警官似乎把它當作世界上最合理的話。

「他們動手沒有？」

「唐納去敦克爾克，從此沒回來。政府拍電報給我，說他死了。『在作戰行動中死亡，深感遺憾』。你知道，不是我指的那種行動。」

「夫人，真遺憾。你的女兒呢？」

「我沒有女兒，」麥坎齊太太說。

尼勒說：「你剛剛還提到她，你的女兒露比。」

她的身子往前探。

「露比，是的，露比。你知不知道我怎麼對待露比？」

「不知道，夫人。你怎麼對待露比？」

她突然耳語道：「看看這本書。」

他這才看出她腿上放的是一本聖經，很舊的聖經。她翻開前頁，尼勒警官發現上面寫了很多名字。這顯然是一本家庭聖經，依據古老的習俗，每次有人出生就把名字寫上去。麥坎齊太太以細細的食指指出最後兩個人名：「唐納．麥坎齊」和他出生的日期，以及「露比．麥坎齊」和她出生的日期。可是露比．麥坎齊的姓名上畫了一道粗線。

麥坎齊太太說：「你看到了吧？我把她由這本書上除名了。我永遠和她斷絕關係！記錄天使以後找不到她的名字。」

「你將她除名？為什麼，夫人？」

麥坎齊太太以狡猾的目光看著他。

「你知道原因。」她說。

「我不知道。真的，夫人，我不知道。」

「她不守承諾，你知道她沒守承諾。」

「夫人，你的女兒現在在哪裡？」

「我告訴過你了，我沒有女兒。世上不再有露比．麥坎齊這個人。」

「你意思是說，她死了？」

女人突然大笑。

「死了？她若死了還好些。那樣好多了，好多了。」她嘆口氣，在椅子上坐立不安。接著她變得十分拘禮說：「我很抱歉，我恐怕不能再跟你談下去了。你知道，時間不夠，我必須讀書。」

尼勒警官再問，麥坎齊太太不回答。她只做出惱火的小手勢，繼續讀聖經，手指沿著詩句滑過去。

尼勒起身離開。

他跟管理人談了幾句話。

「有沒有親戚來看她？譬如她女兒？」

「我想前任管理人在的時候有個女兒來看過她，不過病人十分激動，所以他勸那個女兒不要再來。後來一切都透過律師安排。」

「你知不知道這位露比．麥坎齊目前在哪裡？」

管理人搖搖頭。

「不知道。」

「你知不知道她有沒有結婚？」

「我不知道，我只能把和我們打交道的那位律師的住址告訴你。」

尼勒警官已經找過那些律師，他們都宣稱無可奉告。有人為麥坎齊太太設了一個信託基金，由他們管理，一切都是幾年前安排的，此後他們就沒再見過麥坎齊小姐。

尼勒警官要院方形容露比．麥坎齊的樣子，結果叫人洩氣。來看病人的親友太多，隔了這麼多年，誰也記不清楚，有時候某甲和某乙的外貌會混在一起。服務多年的護士長似乎記得麥坎齊小姐髮色黑，身材嬌小。另外一個護士卻記得她體型厚重，一頭金髮。

尼勒警官向副局長報告說：「就這樣，長官，布局荒謬，卻又彼此吻合，這一定有特殊的意義。」

副局長若有所思地點點頭。

「派裡的黑畫眉和黑畫眉礦場有關，死者口袋裡有黑麥，阿黛兒・伏特庫喝茶吃蜂蜜麵包（這不太明確，畢竟誰都可能吃蜂蜜麵包當茶點）；第三樁命案是女傭被曬衣繩勒死，鼻子上夾一根衣夾。是的，布局雖然荒謬，卻不可忽視。」

尼勒警官說：「等一下，長官……」

「什麼事？」

尼勒皺皺眉。

「你剛才說的話，不完全正確。有個地方錯了。」他搖頭嘆氣說：「但是我一時想不起來。」

21

藍斯洛和派蒂繞著紫杉小築的庭園漫步。

派蒂低聲說：「藍斯洛，如果我說我從未看過這麼醜的花園，但願不會傷害你的自尊心。」

藍斯洛說：「這不會傷害我的自尊心。這兒很醜嗎？我不知道。好像有三個園丁孜孜不倦地保養著。」

「也許毛病就出在這裡。不惜一切花費，所以看不出半點個人品味，我想石南植物和各種苗床都按恰當的季節栽種。」

「咦，派蒂，你若有一座英國花園，你要種什麼？」

派蒂說：「我的花園要種蜀葵、燕草和風鈴草，不要苗床，也不要可怕的紫杉。」

她蔑然看看暗濛濛的紫杉樹籬。

「讓我想像一下。」藍斯洛輕鬆地說。

派蒂說：「下毒的人有種可怕的特性，我意思是說，心思一定很恐怖，懷恨想報仇。」

「這是你的看法？怪了！我倒認為那人有條有理，冷酷無情。」

她輕輕抖了一下說：「可以這麼說吧。總之，連犯三件命案……下手的人一定瘋了。」

藍斯洛低聲說：「是的，恐怕如此。」然後他猛然說：「派蒂，拜託你離開這兒，回倫敦去，到德文郡或湖泊區，到愛文河上的史特拉福鎮，或者去看看諾福克湖沼。警方不會反對你走，你和這些事沒關係。老爸被殺的時候你在巴黎；另外兩個人死的時候，你在倫敦。告訴你，你在這邊我擔心得半死。」

派蒂停頓一會才靜靜說：「你知道凶手是誰，對吧？」

「不，我不知道。」

「不過你自認為知道，所以你替我擔心……我希望你告訴我。」

「我不能告訴你，我什麼都不知道。但我祈求上帝讓你離開這兒。」

派蒂說：「親愛的，我不走，我要留在這兒，無論是福是禍都不會改變，這就是我的心情。」她突然哽咽道：「只是我往往碰見禍事。」

「派蒂，你這話是什麼意思？」

「我的意思是說，我會帶來厄運。我和誰接觸都會給對方帶來厄運。」

「可愛的小傻瓜，你沒帶厄運給我。你看，我一娶你，老爸就叫我回家跟他和好。」

「是的，可是你回家又如何呢？告訴你，我這人不吉祥。」
「聽著，甜心，你對這些事有點迷信。那純粹是迷信。」
「我身不由己。有人確實會帶來厄運，我就是其中之一。」
藍斯洛摟住她的肩膀猛搖幾下。
「你是我心愛的派蒂，娶到你是我這輩子最幸運的事。你的傻腦袋別再胡思亂想。」他平靜下來後，用認真的口吻說：「不過，說真的，派蒂，你千萬要小心。如果附近有人神經不正常，我可不希望挨槍子或喝毒茄水的人是你。」
「喝毒茄水？」
「我不在的時候，跟著那位老太婆……她姓什麼來著？瑪波。你猜愛菲姨媽為什麼要請她住在這兒？」
「天知道愛菲姨媽做任何事情是為了什麼。藍斯洛，我們要在這邊住多久？」
藍斯洛聳聳肩。
「難說。」
派蒂說：「我不覺得我們真受歡迎。」她猶豫不決地說：「我猜現在房子屬於你哥哥吧？他不希望我們待在這兒，對吧？」
藍斯洛突然咯咯笑。
「他不希望，但他目前無論如何要容忍我們。」

「以後呢？藍斯洛，我們怎麼辦？我們要不要回東非？」

「派蒂，你想回去嗎？」

她拚命點頭。

藍斯洛說：「那真幸運，我也想回去。我不大喜歡英國的現狀。」

派蒂容光煥發。

「太棒了，聽你那天說的話，我生怕你想留在這兒。」

藍斯洛雙眼浮出邪惡的亮光。

「派蒂，你可不能洩漏我們的計畫。我打算整整親愛的柏西瓦老哥。」

「噢，藍斯洛，千萬要小心。」

「我會小心的，吾愛。我不懂柏西瓦為什麼就該事事脫險。」

§

瑪波小姐在大客廳聆聽柏西瓦．伏特庫夫人講話，她腦袋微斜，像一隻和藹的美冠鸚鵡似的。瑪波小姐在這間客廳裡顯得特別突兀。她那瘦瘦的體型坐在大錦緞沙發上，四周又擺滿各色墊子，看來很不搭調。瑪波小姐少女時代曾使用背脊板，讓身子不得彎曲，所以現在坐得很直。柏西瓦夫人坐在她旁邊的一張大扶手椅上，穿著精美的黑衣，嘰嘰咕咕說個不停。瑪波小姐暗想，她和銀行經理夫人艾默特太太好像喔。她記得有一天艾默特太太來訪，討論傷兵募捐日的義演事宜，基本的事情談好之後，艾默特太太突然滔滔不絕地說了好多話。她在聖瑪莉米德的處境很困難。家道中落，住在教堂附近的婦女圈容不下她，她們即使不是本郡的世家，對於世家的來龍去脈也非常清楚。銀行經理艾默特娶了身分比他低的人，結果他太太變得非常寂寞，而她又不便和小生意人的妻子交往。勢利心理占了上風，使艾默特太太置身於永恆的孤島。

艾默特太太很需要與人交談，那天終於衝破界限，瑪波小姐遂接受了一場滔滔的洪流。她很為艾默特太太難過，今天她也為柏西瓦·伏特庫夫人難過。

柏西瓦夫人有滿腹的辛酸，能向陌生人吐露，真是輕鬆不少。

「其實我不想抱怨，我向來不是愛發牢騷的人，我常說人必須容忍一切。沒有辦法糾正的事，只好忍耐；我可從來沒對任何人說過什麼。我能對誰講呢？我在這兒可以說非常孤單，非常孤單。當然啦，在這棟房子裡擁有一個房間是很方便，又可以省錢；可是那和自己有個家不一樣。我相信你同意我的看法。」

瑪波小姐表示同感。

「幸虧我們的房子快要弄好，可以搬過去了。其實只是刷油漆和裝潢的問題。這些人動作好慢。當然啦，外子喜歡住這裡。男人不一樣，我常說，男人就是不一樣。你同意嗎？」

瑪波小姐同意男人不一樣。她說這句話，良心不會感到不安，因為她真的這麼想。瑪波小姐認為，「紳士們」和女性截然不同。他們總要求兩個蛋加鹹肉當早餐，每天有營養美味的三餐可吃，飯前不要有人和他們頂嘴。

柏西瓦太太繼續說：「你知道，外子整天在市區工作，回到家裡已經累了，只想坐下來看書看報。我正相反，整天孤零零在這兒，沒有適合的朋友。我的日子過得很舒服，吃的東西棒極了。可是我覺得人需要有愉快的社交圈。這邊的人和我合不來。有一部分人是我所謂華而不實的橋牌高手……不是高尚的橋牌喔。我自己也喜歡打打橋牌，不過當然啦，這邊的人都很有錢。他們下注下得很大，而且猛喝酒，那種生活就是我所謂的放蕩社交。此外還有一小群……噢，你只能叫她們『老貓』，專愛拿著泥刀閒逛，蒔花種草。」

瑪波小姐天生喜愛園藝，她露出歉疚的表情。

柏西瓦夫人繼續說：「我不想批評死人，但我公公伏特庫先生再婚真夠愚蠢。我的……我沒辦法叫她婆婆，她年紀和我不相上下。說實話，她想男人想瘋了，真是想瘋了。而且她真會花錢，我公公對她糊塗極了。不管她堆起多少帳單都不干涉。柏西瓦氣極了，真的氣極了。柏西瓦對錢一向很小心，他討厭浪費。後來伏特庫先生變得好怪，脾氣壞得要命，動不動就發火，花錢如流水，支持些可疑的投機計畫。噢……很不正當。」

瑪波小姐開口說了一句話：「你丈夫一定也為此而擔憂吧？」

「噢，是的。最近一年柏西瓦真的很擔心。他整個人都變了。你知道，他對我的態度也變了。有時候我和他講話，他根本不答腔。」柏西瓦夫人嘆一口氣繼續說：「還有我的小姑艾琳，你知道，她是很怪的女孩子，整天在戶外。她也不算不親切，但就是沒有同情心，你知道。她從來不想上倫敦逛街，或者去看戲之類的。她連對衣服都不感興趣。」柏西瓦夫人又嘆口氣，低聲說：「當然我並不想發牢騷。」她良心有點不安，連忙說：「你一定覺得奇怪吧，你是陌生人，我跟你說了這麼多。不過由於緊張和震驚……我想最主要是震驚，遲來的震驚。我覺得好緊張，你知道，我真的……噢，我真的非找人談談不可。你使我想起一位慈愛的老婦人翠西絲．詹姆士小姐。她七十五歲那年挫傷了大腿骨。我長期看護她，後來我們變成好朋友。我走的時候，她送我一件狐皮斗篷，我覺得她真體貼。」

瑪波小姐說：「我了解你的心情。」

這又是真話。柏西瓦夫人的丈夫顯然被她煩得半死，很少理她，可憐的少婦在當地又交不到朋友。她常跑到倫敦去逛街，看電影，住的也是豪華的房屋，可是她和夫家的關係缺少溫情，不是那些享受能夠彌補的。

瑪波小姐以柔和的老婦口吻說：「但願我不算失禮。我真的覺得，已故的伏特庫先生大概不算是個好人。」

死者的媳婦說：「他才不是呢。說一句悄悄話……他是個可惡的老人。有人想除掉他，我一點都不奇怪，真的不奇怪。」

「你完全不知道誰……」瑪波小姐說著突然停下來。「噢，老天，也許我不該問，甚至猜都不該猜，誰，誰……噢，誰是凶手？」

柏西瓦夫人說：「噢，我想是可怕的康普。我一向不喜歡他。他那種態度……不是真的粗魯，你知道，卻又無禮得很，說他傲慢更恰當。」

「不過，我猜總要有動機吧。」

「我真不知道那種人需要多少動機。我猜伏特庫先生為了某個理由罵過他，而且我懷疑他有時候會酗酒。我真的覺得他有點不正常，你知道。就和我們附近那個亂射別人的腳夫或管家一樣。當然啦，跟你說老實話，起先我懷疑是阿黛兒毒死伏特庫先生，但現在她自己也被毒死了，我們當然不能這麼想。你知道，她可能指控過康普。於是他昏了頭，在三明治裡下毒藥，葛萊蒂看見了，因此他也殺了她……我認為留他在家裡真危險。噢，老天，但願我能離開，不過我猜這些可怕的警察不會允許。」她衝動地向前傾身，把胖手放在瑪波小姐的手臂上。「有時候我覺得非走不可……如果事情不快點了結，我會真的逃走。」她往後靠，打量瑪波小姐的表情。「不過也許……這樣不大聰明吧？」

「不，我認為不聰明，警察馬上就會找到你，你知道。」

「他們能嗎？他們真的能嗎？你認為他們那麼精明？」

「低估警察的能力就太傻了。我覺得尼勒警官是聰明絕頂的人物。」

「噢！我覺得他笨笨的。」

瑪波小姐搖搖頭。

珍妮佛．伏特庫猶豫不決地說：「我忍不住覺得……留在這裡很危險。」

「你是說，你有危險？」
「是……的，噢，是的……」
「因為你……知道某件事？」
柏西瓦夫人好像吸了一口氣。
「噢，不，我什麼都不知道。我會知道什麼呢？只是……我只是覺得緊張。康普那個人……」
瑪波小姐暗想，柏西瓦．伏特庫少夫人想的不是康普……看她握拳又放開就知道。瑪波小姐認為珍妮佛．伏特庫為了某個理由，確實嚇慌了。

22

天色漸漸黑了。瑪波小姐手拿編織物走到圖書室窗口。她由玻璃窗往外瞧，看見派蒂·伏特庫在外面的露台上走來走去。瑪波小姐開窗叫她。

「進來，孩子，進來吧。你不穿大衣在外頭一定又冷又溼。」

派蒂乖乖聽話。她進來把窗子關好，打開兩盞燈。

「是的，今天下午天氣不太好。」她坐在瑪波小姐旁邊的沙發上。「你在織什麼？」

「噢，只是一件小便服外套，嬰兒穿的，你知道。我老說年輕的媽媽多為嬰兒準備幾件便服外套不會錯的。這是二號的。我通常都織二號。嬰兒長得快，一號馬上就不能穿了。」

派蒂把長腿伸到爐邊。

「今天這兒挺不錯的。有火有燈，有你為嬰兒編織衣服，顯得好愜意、好樸實。英格蘭就該像這個樣子。」

瑪波小姐說：「英格蘭本來就是這個樣子。孩子，像紫杉小築這樣的地方並不多。」

「我想這是一件好事。我不相信這兒是所謂快樂的家園。儘管這邊的人很敢花錢，樣樣都有，可是我不相信誰在這邊會覺得快樂。」

瑪波小姐同意說：「是，我想這不是一處快樂的家園。」

派蒂說：「我猜阿黛兒也許快樂過吧。當然啦，我從未見過她，所以我不知道。但是珍妮佛可憐兮兮，艾琳狂戀一個年輕人……她心底可能知道他並不愛她。噢，我真想遠離這地方！」她看看瑪波小姐，突然露出笑容。「你知不知道藍斯洛叫我盡量待在你四周。他似乎認為我這樣比較安全。」

「你丈夫不是傻瓜。」

「不，藍斯洛不是傻瓜……只是某些方面有點傻。不過我真希望他告訴我究竟在怕些什麼。有一點似乎很明顯，這棟房子裡有人發瘋了，因為你不知道瘋子的腦筋如何轉法，所以瘋狂起來往往很嚇人，你不知道他們下一步要幹什麼。」

「可憐的孩子。」瑪波小姐說。

「噢，我還好，真的。現在我該堅強一點了。」

瑪波小姐柔聲說：「孩子，你遭遇過很多不幸，對吧？」

「噢，我也有過好時光。我童年在愛爾蘭過得很快樂，騎馬啦、打獵啦，房子大大空空的，很通風，陽光充足。你若有個快樂的童年，誰也搶不走，對吧？後來……我長大以後，事情好像老是不對勁。我猜是打仗的緣故吧。」

「你的前夫是空軍飛行員，對吧？」

「是的。我們才結婚一個月，唐的飛機就被打下來。」她盯著前面的爐火。「起先我好想自殺。世事太不公平，太殘忍了。可是，後來，我漸漸覺得這樣最好。唐在戰鬥中表現甚佳，勇敢又快活。他具有戰爭需要的各種特性，我總覺得承平時期不適合他。他有一種……噢，怎麼說呢？一種傲慢的反抗性。他不肯適應環境或定居下來，他總要對抗什麼。他……噢，有點反社會的傾向，是啊，他不肯適應環境。」

「孩子，你能看出這一點，真有腦筋。」瑪波小姐低頭看編織物，挑起一針，低聲算道：「三平針，兩倒針，跳一針，編在一起。」然後才說：「孩子，你的第二任丈夫呢？」

「佛瑞迪？佛瑞迪舉槍自殺了。」

「噢，老天，好可悲，真是個悲劇。」

派蒂說：「我們在一起很快樂。結婚大約兩年後，我漸漸覺得佛瑞迪並不……噢，並不正直老實。我開始發現有一些騙局，不過我們似乎覺得沒什麼關係。你明白，佛瑞迪愛我，我也愛他。我盡量不去了解真相。我想我太懦弱了，我不可能改變他，你知道。你不可能改變別人。」

瑪波小姐說：「是的，你不可能改變別人。」

「我接受的、愛的、嫁的就是他這麼一個人，所以我總覺得我必須……容忍一切。後來情況不順利，他無法面對現實，就舉槍自殺了。他死後，我到肯亞，和幾個朋友住在那兒。我無法留在倫敦，再面對所有……所有知情的大眾。後來我在肯亞認識了藍斯洛。」她的表情柔化下來，繼續望著火花，瑪波小姐則望著她。派蒂轉過頭來說：「瑪波小姐，告訴我，你對柏西瓦有什麼看法？」

「噢，我很少看見他。通常都是在早餐桌上碰面，如此而已。我想他不太喜歡我住在這兒。」

派蒂突然笑出聲。

「他很小氣，你知道。對錢財小氣極了。藍斯洛說他一向如此。珍妮佛也為此抱怨呢。他查對竇夫小姐的家用帳，對每個項目都要發點牢騷，不過竇夫小姐堅持立場。她是相當了不起的人，你不認為嗎？」

「是的，沒錯。她使我想起我們聖瑪莉米德村的拉蒂瑪太太。她管理婦女志願服務隊和女童軍，說真的，她事事都管。過了整整五年我們才發現……噢，我不該說些無關的話。有人跟你談些你沒見過也不認識的地點和人物，真是再煩人不過了。請原諒我，孩子。」

「聖瑪莉米德村是不是很好的村子？」

「孩子，我不知道你所謂的好村子是指什麼。那個村莊很漂亮。裡面有好人，也有非常不討人喜歡的人。那個地方和別的村子一樣，出過相當怪的事情。人性在哪裡都差不多，不是嗎？」

派蒂說：「你常常上樓去看蘭貝東小姐，對吧？她真嚇壞我了。」

「嚇壞你？為什麼？」

「因為我覺得她瘋瘋癲癲的。我想她有宗教狂熱。你看她不可能……真瘋吧？」

「怎麼瘋法？」

「噢，瑪波小姐，你知道我的意思。她坐在那兒從來不出去，整天想罪惡的問題。到頭來也許她會覺得執行審判是她此生的使命。」

「這是你丈夫的想法？」

「我不知道藍斯洛怎麼想，他不肯跟我說。不過我確定一件事……他相信凶手是個瘋子，而且是家裡的某個人。噢，我想柏西瓦完全正常。珍妮佛笨笨的，相當可悲，但也是有點緊張而已；艾琳則是古怪、暴躁、緊張。她瘋狂愛著她的男朋友，從來不承認他是為錢才想娶她的。」

「你認為他是為錢才想娶她？」

「是的，我認為如此。你不覺得嗎？」

瑪波小姐說：「我十分肯定。就像我們村莊的艾里斯娶了闊鐵器商的女兒瑪莉安·巴特一樣。她是個相貌平庸的女孩子，迷他迷得不得了。不過，結局很不錯哩。像艾里斯和吉拉德·萊特這種人，如果為愛情而娶了貧家女，會變得很惡劣。他們會氣自己太傻，就找女方出氣。可是如果他們娶了富家女，便會一直尊敬她們。」

派蒂皺眉說：「我看不可能是外面來的人。難怪……難怪此地的氣氛會如此，人人都互相監視。或者不久又會出事情……」

瑪波小姐說：「不會再有命案了。我是這麼想。」

「這你無法肯定。」

「事實上，我相當肯定。你知道，凶手已達到他的目的。」

「他的？」

「噢，他的或她的。說『他』只是為了方便而已。」

「你說他的或她的目的，是什麼目的？」

瑪波小姐搖搖頭，她自己也不敢確定。

／23

又輪到索梅斯小姐泡打字室的茶。她倒水去沖茶葉的時候，壺裡的水又還沒開。歷史重演了。葛菲小姐接過她的茶杯，暗想道，我真的要和柏西瓦先生談談索梅斯的事。我相信我們可以做得更好。不過出了這些可怕的事情，我實在不喜歡拿辦公室的瑣事來煩他。

葛菲小姐像往常一樣說：「索梅斯，水又沒有開。」

索梅斯小姐滿面通紅，照例答道：「噢，老天，我確定這次水開了呀。」

對話原本要循例進行下去，但藍斯洛．伏特庫進來把一切打斷了。他茫然看看四周，葛菲小姐跳起來，上前迎接他。

「藍斯洛先生！」她叫道。

他轉向她，臉上露出笑容。

「嘿，咦，是葛菲小姐。」

葛菲小姐很高興。他已經十一年沒看過她，竟然還記得她的姓氏。她以心慌的口吻說：

「你居然記得。」

藍斯洛展現所有的魅力，輕鬆自如說：「我當然記得。」

興奮的火花傳遍了打字室。索梅斯小姐忘記泡茶的煩惱，她微張著嘴巴凝視藍斯洛先生。蓓爾小姐由打字機上往前看，柴斯小姐謙謙虛虛拿出粉盒，在鼻子上補妝。藍斯洛·伏特庫看看四周。

他說：「這裡的一切都和當年一樣。」

「改變不多，藍斯洛先生。你的膚色赤褐，看來好健康！我想你在國外日子一定過得很有趣吧。」

藍斯洛說：「可以這麼說。但是我現在也許要試試倫敦的趣味生活了喔。」

「你要回辦公室來？」

「也許。」

「噢，好開心喔。」

藍斯洛說：「你們會發現我落伍了。葛菲小姐，你得教導我各種竅門。」

葛菲小姐笑得很開心。

「藍斯洛先生，有你回來一定很棒，真的很棒。」

藍斯洛以激賞的目光看她一眼。

「你真可愛，你真可愛。」

「我們始終不相信，我們沒有一個人認為……」葛菲小姐說到一半停下來，滿面羞紅。

藍斯洛拍拍她的手臂。

「你不相信魔鬼像人家描述的那麼黑？嗯，也許不是。不過那都是陳年舊事了，再提也沒用，未來才重要。」他又說：「我哥哥在不在？」

「我想他在裡面的辦公室。」

藍斯洛輕輕鬆鬆點個頭，繼續往前走。通往內層的小前廳，有個表情嚴肅的中年婦人坐在辦公桌後面，她站起來攔阻道：「請問大名，有什麼事？」

藍斯洛用懷疑的表情望著她。

「你就是……柯芬農小姐？」他問道。

人家跟他說柯芬農小姐是個漂亮的金髮美女。報導雷克斯．伏特庫案開庭狀況的新聞登出她的照片，照片上的她確實很美。這位不可能是柯芬農小姐。

「柯芬農小姐上星期走了。我是柏西瓦．伏特庫先生的現任祕書強堡太太。」

藍斯洛暗想，正合柏西瓦老哥的作風。辭掉漂亮的金髮美女，換上一位醜八怪。不知道是為什麼，是為了安全，還是因為薪水比較便宜？

他輕鬆地說：「我是藍斯洛．伏特庫，你沒見過我。」

強堡太太道歉說：「噢，真抱歉，藍斯洛先生。我想你第一次到辦公室來吧？」

藍斯洛微笑說：「是第一次，但可不是最後一次。」

他橫越房間，打開以前他父親的私用辦公室。出乎意料之外，辦公桌後面的不是柏西瓦，而是尼勒警官。尼勒警官正在分類整理一大疊文件，他抬頭看一眼，點點頭。

「早安，伏特庫先生，我猜你來執行任務了。」

「原來你已聽說我決定回公司？」

「你哥哥告訴我的。」

「他說了？態度還熱誠吧？」

尼勒警官強自掩飾一抹笑意。

「看不出熱誠的跡象。」他一本正經說。

「可憐的柏西瓦。」藍斯洛評論說。

尼勒警官好奇地望著他。

「你真的想變成金融界的人？」

「尼勒警官，你認為不可能？」

「伏特庫先生，看來不太相稱。」

「為什麼？我是家父的兒子啊。」

「也是令堂的兒子。」

藍斯洛搖搖頭。

「警官，這你可就不懂了。家母是維多利亞式的浪漫主義者。她愛讀《國王牧歌》，你看我們這些古怪的名字就知道了。她行動不便，我想她跟現實脫了節。我可不一樣。我既不多愁善感，也不大有浪漫情懷，是個徹頭徹尾的寫實主義者。」

尼勒警官指出：「人不見得和自己所想的一樣。」

「嗯，這倒是真的。」藍斯洛說。

他坐在椅子上，以他特有的姿勢伸出一雙長腿，兀自微笑著，接著出其不意地說：「警官，你比我哥哥精明。」

「哪一方面，伏特庫先生？」

「我使柏西瓦嚇一大跳，他以為我準備從商，以為我要插手管他的事。他認為我會開始花公司的錢，害他捲入投機事業。真好玩，光為這種樂趣就全然值得了！我說『全然』，其實不是真的。警官，我真的無法忍受辦公室的生活。我喜歡戶外的空氣和冒險的生活。待在這種地方我會悶死。」他迅速加上一句：「記住，這是不能公開的。別對柏西瓦洩漏我的祕密，好嗎？」

「伏特庫先生，我想不用擔心會有這個問題。」

藍斯洛說：「我得逗一逗柏西瓦。我要害他流點汗，我得討回公道。」

尼勒說：「伏特庫先生，這句話很奇怪。討回公道……什麼公道？」

藍斯洛聳聳肩。

「噢，那是陳年舊事了，不值得再提起。」
「聽說你過去有點支票的小問題。你說的就是那件事嗎？」
「警官，你知道的事情可真多！」
尼勒說：「聽說並未起訴，令尊不肯。」
「是啊，他只是把我趕出去罷了。」
尼勒警官以思索的眼神望著他，心裡所想的卻不是眼前的藍斯洛．伏特庫，而是柏西瓦……誠實、勤勉、吝嗇的柏西瓦。他覺得此案無論進展到什麼地方，他總會碰到柏西瓦．伏特庫這個謎團。人人都知道柏西瓦的外在面貌，但是他的內在人格很難判斷。你觀察他，會說他是沒有特色又無足輕重的人，始終在父親的掌握之下。副局長說過：「一本正經的柏西瓦」，人如其名。尼勒想透過藍斯洛再深入了解柏西瓦的性格。他低聲試探道：「你哥哥似乎一直……噢，我怎麼說才好呢，受你父親控制。」
藍斯洛思考這個問題。
「我不知道，我不知道……我想表面上的印象是如此，但我不敢說真相是否這樣。我回想過去，發現柏西瓦總能照自己的意思去做，表面上卻又看不出來，真叫人吃驚，你大概明白我的意思吧。」
尼勒警官暗想，是的，確實叫人吃驚。他翻翻前面的紙堆，找出一封信，推到桌子那頭的藍斯洛面前。

「伏特庫先生，這就是你八月寫的信吧？」

藍斯洛接過去看一眼，又交還給警官。

「是的，是我夏天回肯亞之後寫的。爸有留著，對吧？在哪裡，辦公室這兒？」

「不，伏特庫先生，在紫杉小築令尊的文件堆裡。」

舊信放在警官面前的桌子上，他仔細端詳。信的內容倒不長。

親愛的爸：

我和派蒂商量過了，我同意你的建議。我需要一點時間來安頓這邊的事情，大約十月底或十一月初可弄好。到時候我會通知你。但願我們比以前合得來。總之，我會盡力。我不多說什麼了。請保重。

兒 藍斯洛上

「伏特庫先生，你這封信是寄到什麼地方？辦公室還是紫杉小築？」

藍斯洛皺眉回想。

「很難，我記不清楚了。你知道事情已過了將近三個月。我想是辦公室吧。是的，我大概能肯定，是寄到辦公室這裡。」他停頓片刻才好奇地問道：「怎麼了？」

尼勒警官說：「我覺得奇怪，令尊為何沒將它放進這邊的私人文件檔案，而是帶回紫杉小築……我是在他那邊的書桌發現的。不知道他為什麼會那樣。」

藍斯洛笑了。

「我猜是不想讓柏西瓦看見。」

尼勒警官說：「是的，看來是如此。所以你哥哥看得到令尊這裡的私人文件囉？」

藍斯洛猶豫不決地皺眉說：「噢，也不盡然。我的意思是說，如果他願意，大概隨時都能翻閱，但是他不……」

尼勒警官替他把話說完。

「他不該翻？」

藍斯洛咧開大嘴巴。

「對，坦白說，那樣是偷看，不過我想柏西瓦經常偷看。」

尼勒警官點點頭，他也認為柏西瓦．伏特庫可能會偷看。這倒符合警官對他個性的初步了解。

藍斯洛低聲說：「說曹操，曹操就到。」

此時門開了，柏西瓦．伏特庫走進來。他正要和警官講話，看見藍斯洛，皺著眉頭打住了。他說：「哦，你在這兒？你沒跟我說你今天要來。」

藍斯洛說：「我突然有一股工作的熱誠，所以來這邊準備隨時可派上用場。你要我做什麼？」

柏西瓦說：「目前沒有事，根本沒事可做。我們得安排一下，看你要擔任哪方面的工作。我們得準備一個辦公室給你。」

藍斯洛咧嘴一笑說：「對了，老哥，你為什麼辭掉美人兒柯芬農小姐，換上那位馬臉的女人？」

柏西瓦厲聲抗議。

「真是的，藍斯洛。」

藍斯洛說：「下下之策。我期待漂亮的柯芬農小姐。你為什麼要辭退她？認為她知道得太多了？」

柏西瓦氣沖沖地說：「當然不是。你怎麼想的！」他那張蒼白的面孔浮起紅暈。他轉向警官，冷冷說：「你別聽我弟弟胡說，他有種古怪的幽默感，」又說：「我一向不怎麼信賴柯芬農小姐的能力。強堡太太風評極佳，要求的待遇很公道，人又能幹。」

藍斯洛眼睛看著天花板，喃喃地說：「要求的待遇很公道……柏西瓦，我真的不贊成節省辦公室的人事開銷。對了，悲劇發生的這幾個星期，員工們一直忠心支持我們，你不認為我們該全面加薪嗎？」

柏西瓦．伏特庫脆聲說：「當然不必。員工未要求，事實上也沒必要。」

尼勒警官注意到藍斯洛眼中的邪惡光芒。柏西瓦只顧著生氣，根本沒發覺。他結結巴巴說：「你老有一些浮誇到極點的怪念頭。照公司目前的狀況，節儉是我們唯一的生機。」

尼勒警官歉然咳嗽一聲，對柏西瓦說：「伏特庫先生，我有件事要和你談談。」

「哦，警官？」柏西瓦將注意力轉到尼勒身上。

「伏特庫先生，我要向你提出幾個問題。聽說最近六個月……也許不止，可能有一年了，令尊的言行害你愈來愈擔憂。」

柏西瓦斷然說：「他不健康。他根本不健康。」

「你想勸他看醫生，卻未能成功。他明明白白拒絕了？」

「是的。」

「我想請問你，你是否懷疑令尊患了一般所謂的『麻痺性癡呆』，症狀包括誇大妄想和焦躁，遲早會完全發瘋？」

柏西瓦顯得很驚訝。

「警官，你實在太聰明了。我確實害怕會到這種地步，所以我急著要家父去接受治療。」

尼勒說：「然而，在你說服令尊就醫以前，他可能已對公司造成重大損害？」

「確實如此。」柏西瓦表示同意。

「這種情形實在很不幸。」警官說。

「很可怕，沒有人知道我是多麼焦急。」

尼勒柔聲說：「由公司的觀點看來，令尊死亡是一大幸事囉。」

柏西瓦厲聲說：「你別以為我對家父的死亡會抱著那種看法。」

「伏特庫先生，這不是你觀點如何的問題。我只談實際問題。令尊的確在財務完全崩盤之前死了。」

柏西瓦不耐煩地說：「是，是，你說得對。」

「這是你們全家的一大幸事，因為他們都仰賴這家公司。」

「是的，不過警官，我不明白你用意何在……」柏西瓦說到一半停下來。

尼勒警官說：「噢，伏特庫先生，我沒什麼用意，我只是把心中的事實弄清楚。還有一件事，我記得你說令弟多年前離開英國以後，你就沒跟他聯絡過。」

「是的。」柏西瓦說。

「其實不見得吧，伏特庫先生？我意思是說，今年春天你為令尊的健康情形擔憂，曾經寫信到非洲給你弟弟，說你為令尊的言行感到焦慮。我想你是要令弟跟你一起勸令尊接受檢查，必要時對他的病情加以控制。」

「我，我……真的，我不明白……」柏西瓦十分震驚。

「是這樣吧，伏特庫先生？」

「噢，事實上，我覺得這樣很正當。藍斯洛畢竟是公司的小股東。」

尼勒警官轉頭看藍斯洛。藍斯洛咧著嘴巴笑。

「你收到那封信了？」尼勒警官問道。

藍斯洛．伏特庫點點頭。

「你怎麼答覆？」

他的嘴巴咧得更大。

「我叫柏西瓦滾他的，別打擾老爸。我說老爸對他自己的作為說不定清楚得很。」

尼勒警官的目光回到柏西瓦身上。

「你弟弟的回信是不是這麼說？」

「我，我……噢，我想大致是吧，只是口吻更氣人。」

藍斯洛說：「我想警官最好聽聽淨化過的內容。尼勒警官，坦白說，我基於上述理由，收到家父的信就回家來看看自己的想法對不對。我和家父會晤的時間很短，坦白說我看不出他有什麼大毛病。他只是略顯激動罷了。我看他完全有能力管自己的事情。總之，我回非洲和派蒂商量後，決定回家，確保……怎麼說好呢，遊戲公平。」

他說話的時候瞟了柏西瓦一眼。

柏西瓦．伏特庫說：「我反對，我反對，我強烈反對你的說法。我不打算犧牲家父，我是關心他的健康。我承認我也關心……」他停頓片刻。

藍斯洛連忙插嘴。

「你也關心你的口袋，呃？柏西瓦的小口袋。」他站起來，態度突然變了。「好吧，柏西瓦，我鬧夠了。我假裝要在這裡工作，目的是要讓你緊張。我不讓你事事如願，可是我再鬧下去就沒意思了。坦白說，和你在同一個房間裡，我覺得噁心。你向來是個骯髒卑鄙的下流胚，刺探、偷看、說謊、惹事。我還要告訴你一句……雖然我無法證明，但我始終相信，引起大糾紛並害我被趕走的那張支票是你假造的，偽造得真差勁，字體太大，太明顯了。怪我自己記錄太差，無法辯白，但我常常驚訝老爸竟然沒想到，我若偽造他的簽名，一定會偽造得高明些。」

藍斯洛抬高嗓門，滔滔不絕地往下說：「好了，柏西瓦，我不再玩這種傻把戲。我對英國和倫敦市感到厭煩透了。我討厭你這種穿條紋褲和黑西裝、說話吞吞吐吐、玩金融詭計的小男人。我們照你的建議分財產，我要帶派蒂回到一個截然不同的國家……有空間呼吸和活動的國家。你儘管分配證券，留下優秀的和可靠的，留下利息百分之二、百分之三和百分之三點五的債券。把你所謂爸最近的投機股權給我。其中大部分可能一文不值，但是我打賭，有一兩件到頭來會比你那些可靠的百分之三信託股票更值錢。爸是精明的老鬼，他的冒險都是冒大險。有些冒險可以獲利百分之五、百分之六和百分之七。我支持他的眼光和運氣。至於你，小毛蟲……」藍斯洛向哥哥逼近，哥哥連忙往後退，繞過桌角到尼勒警官身邊。藍斯洛說：「好吧，我不碰你。你要我離開這兒，你想趕我出去，現在你應該滿足了。」他大步走向門口說：「你若願意，不妨把以前的黑畫眉礦場丟給我。假如殺人狂麥坎齊一家正在追蹤我們，我會引他們去非洲。」他穿過門口，又加上一句：「事隔這麼多年還想復仇，好像不可思議。不過尼勒警官似乎看得很認真，對吧，警官？」

柏西瓦說：「胡扯，不可能有這種事！」

藍斯洛說：「問他呀！問他為什麼一直調查黑畫眉和爸口袋裡的黑麥。」

尼勒警官輕輕摸著上唇說：「伏特庫先生，你應該記得夏天的黑畫眉事件。我們會調查自有理由。」

柏西瓦又說：「胡扯，好多年沒人聽見麥坎齊一家的消息了。」

藍斯洛說：「不過，我敢發誓我們身邊有麥坎齊家的人。我想警官也這麼認為。」

藍斯洛．伏特庫來到下面的街道，尼勒警官趕上他。

藍斯洛怯生生對他露齒一笑。

「我不是故意的，只是突然發起脾氣來。噢！算了，反正不久還是會有相似的結果。我要在薩伏與派蒂見面……警官，你和我同路嗎？」

「不，我要回貝敦石南林，不過我還有話要問你，伏特庫先生。」

「好的。」

「你走進裡面的辦公室時，看到我在那兒，你大吃一驚。為什麼？」

「大概因為我沒料到是你吧。我以為會在那兒找到柏西瓦。」

「沒人告訴你他出去了？」

藍斯洛好奇地望著他。

「沒有。他們說他在辦公室裡。」

「我明白了，沒人知道他出去。裡面的辦公室並沒有第二道門，不過小前廳倒有一道扉門直接通到走廊。我猜你哥是由那邊出去的，但是我很奇怪強堡太太竟沒告訴你。」

藍斯洛笑一笑。

「當時她可能去拿她的茶了。」

「是，是……對吧。」

藍斯洛看看他。

「警官，你有什麼想法嗎？」

「只是為幾件小事疑惑罷了，伏特庫先生……」

24

尼勒警官坐在前往貝敦石南林的火車上，玩《泰晤士報》的字謎遊戲，卻老是不成功。他腦子裡思索著各種可能性，無法專心。他看新聞也同樣心不在焉。他看到日本有地震，坦干伊喀發現鈾礦，一位商船海員的屍體被沖到南安普敦附近，碼頭工人即將罷工。他讀到最近有人被警棍打死，有一種新藥能醫治嚴重肺病等等。

這些新聞在他的腦海中形成古怪的圖案。不久他又重拾字謎，一連寫出三個題解。

等他到達紫杉小築時，他已下定某種決心。他對海依巡佐說：「那位老太太呢？她是不是還在這兒？」

「瑪波小姐？噢，是的，她還在這兒，和樓上的老太太變成好朋友了。」

「我明白了，」尼勒停頓片刻才說：「此刻她在什麼地方？我想見她。」

幾分鐘後瑪波小姐來了，滿面通紅，呼吸很急促。

「尼勒警官，你要見我？但願我沒讓你久等。起先海依巡佐找不到我。我在廚房跟康普太太說話。我正在誇獎她的點心，說她的手藝好靈巧，告訴她昨天晚上的蛋白牛奶酥實在太好吃了。你知道，我常常覺得慢慢接近正題會比較好，你不覺得嗎？我猜你不容易這樣。你總得直接提出你要問的問題。但是像我這種時間多得很的老太婆，說些不必要的閒話是預料中事。俗語說，要得到廚師的好感，得透過她的點心。」

尼勒警官說：「其實你想和她談的是葛萊蒂·馬丁？」

瑪波小姐點點頭。

「是的，葛萊蒂。你要明白，康普太太真的能告訴我不少她的事，不是和謀殺案有關的事，我不是那個意思；是她最近的精神狀態和她談的怪話。我所謂『怪』不是特別，只是較零星的談話。」

「你覺得有用嗎？」尼勒警官問道。

瑪波小姐說：「有，我真的覺得很管用。你知道，我認為事情變得明朗多了，你不這樣認為嗎？」

「可以說是，也可以說不是。」尼勒警官說。

他發覺海依巡佐已走出房間，深感慶幸，因為他現在要做的事有點不合辦案的傳統。

他說：「聽著，瑪波小姐，我要認真和你談談。」

「是的，尼勒警官？」

尼勒警官說：「你和我可以說代表不同的觀點。瑪波小姐，我承認以前在蘇格蘭警場聽過你的事蹟。」他露出笑容。「你在那邊好像很有名。」

瑪波小姐很不安。

「怎麼會呢？不過我好像常常捲入和我不相干的事。我是指刑案和古怪的事情。」

「你出名了。」尼勒警官說。

瑪波小姐說：「當然啦，亨利．克什林爵士是我的好朋友。」

「我說過，你我代表相反的觀點，不妨說是正常和不正常兩面。」

瑪波小姐腦袋微斜。

「警官，不知道你這句話究竟是什麼意思？」

「瑪波小姐，事情可以用一種正常的角度來觀察。這起命案使某些人獲利……有一個人獲利尤其多。第二樁命案也對此人有好處。第三起命案則不妨說是為了安全而殺人。」

「不過，你說的第三樁命案是指哪一樁呢？」瑪波小姐問道。

她的眼睛呈現鮮麗的瓷藍色，正精明地望著警官，他點點頭。

「是的，你問得有道理。你知道，前幾天副局長跟我談了幾樁命案，我總覺得他有一句話不大對勁……對了，我想是那首兒歌。國王在帳房裡，王后在客廳，女傭正在晾衣服。」

瑪波小姐說：「沒錯，前後文是按這個順序排列，可是事實上，葛萊蒂一定比伏特庫太太先遇害，對吧？」

尼勒說：「我想是的，我確定如此。她的屍體到深夜才被人發現，那時候很難研判她死了多久。不過我個人認為，她一定是在五點左右遇害，否則的話……」

瑪波小姐插嘴了。

「否則的話，她一定會把第二個托盤端進小客廳？」

「對。她把茶盤端進去，又去端第二個托盤，走到門廳，事情就發生了。她看見或聽見了某個景象。問題是那個景象究竟是什麼。也許是杜博斯由伏特庫太太的房間走下樓。也許是艾琳．伏特庫的男朋友吉拉德．萊特由側門進屋。無論來者是誰，總之他誘使她放下托盤，走到花園去。我想她過不久就死了。外面很冷，她只穿薄薄的制服。」

瑪波小姐說：「你說得很對。我意思是說，根本就不是『女傭在花園裡晾衣服』這回事。她不會在傍晚晾衣服，也不會不加外套就走到曬衣繩那邊去。這件事和曬衣夾都是一種偽裝，要使情況和那首兒歌相符。」

尼勒警官說：「沒錯，真瘋狂。這就是我和你觀點不同的地方。我無法……我就是無法接受兒歌這回事。」

「不過警官，命案是和兒歌內容相符……你一定同意兩者相符吧。」

尼勒沉重地說：「的確相符，然而順序錯了。我意思是說，兒歌明明說女傭是第三位死者。可是我們知道王后才是第三位。阿黛兒．伏特庫在五點二十五分到五點五十五分之間遇害。當時葛萊蒂已經死了。」

瑪波小姐說：「完全錯了，不是嗎？以兒歌來說完全錯了……這一點意味深長，對吧？」

尼勒警官聳聳肩。

「也許是我吹毛求疵。命案符合兒歌所寫的內容，我猜這就夠了。不過這是站在你的觀點來說。現在我要列出我這一面的案情。我要去掉黑畫眉、黑麥啦等等枝節，我要從單純的事實、常識和正常人行凶的理由著手。首先是雷克斯・伏特庫的命案，誰因他死亡而獲利呢？獲利的人很多，不過獲利最多的是他兒子柏西瓦。那天早晨，柏西瓦不在紫杉小築，他不可能在父親的咖啡或早餐食品中下毒……至少起先我們是這麼想的。」

瑪波小姐的眼睛一亮。

「啊，有辦法的，對吧？你知道，我一直在想這件事，有了好幾個念頭。不過找不到證據。」

尼勒警官說：「讓你知道也無妨。塔西因是加在一瓶新的橘子醬裡。那瓶橘子醬放在早餐桌上，上面一層被伏特庫先生吃掉了。有人把那瓶橘子醬扔進灌木叢中，新拿一瓶，挖掉同樣的分量再放進食品室裡。後來灌木叢中的那瓶找到了，我剛剛得知化驗的結果，確定含有塔西因沒錯。」

瑪波小姐喃喃地說：「原來是這樣，做起來太簡單、太容易了。」

尼勒又說：「統一投資公司的情況不佳。如果公司遵從老伏特庫的遺囑付十萬英鎊給阿黛兒・伏特庫，公司大概就會破產。只要伏特庫太太在丈夫死後多活一個月，那筆錢非付給她不可。她不會關心公司或公司的困境。可是她丈夫死後不到一個月她就死了，她一死，受益者就是雷克斯．伏特庫的遺產繼承人……換言之，又是柏西瓦．伏特庫。」警官叫苦說：「總是柏西瓦．伏特庫。然而，他雖可在橘子醬裡動手腳，卻不可能毒死繼母或勒斃葛萊蒂。據祕書說，那天下午五點他在市區的辦公室裡，直到將近七點才回到這兒。」

瑪波小姐說：「這一來就難辦了，對吧？」

尼勒警官憂鬱地說：「這一來簡直不可能。換言之，柏西瓦的嫌疑去除了。」他不再壓抑和顧慮，說話帶點辛酸，幾乎沒感覺聽者的存在。「無論我走到哪裡，無論我轉向何方，我總是撞到同一個人：柏西瓦．伏特庫！然而卻又不可能是柏西瓦．伏特庫。」他略微恢復常態說：「噢，也有別的可能性，另外有人具有充分的動機。」

瑪波小姐高聲說：「當然，譬如杜博斯先生，還有年輕的萊特先生。警官，我同意你的看法。只要扯上受益問題，我們就得多疑心一點，避免過度信賴別人。」

尼勒忍不住露出微笑。

「總是往最壞的地方想，呃？」他問道。

這位外表可愛又脆弱的老太太竟信仰這種哲學，似乎很奇怪。

瑪波小姐熱誠地說：「噢，是的，我向來相信最壞的一面。說來可悲，但這樣想往往證明是對的。」

尼勒說：「好吧，我們朝最壞的地方想。可能是杜博斯幹的，可能是吉拉德．萊特幹的

（也就是說他如果和艾琳・伏特庫同謀，由她在橘子醬裡動手腳），我想柏西瓦夫人也有可能，她在現場。不過我提到的這些人卻都不符合瘋狂的特質。他們與黑畫眉和口袋裡的黑麥扯不上關係。那是你的理論，而你可能是對的。若是如此，嫌犯就濃縮成一個人了，對吧？麥坎齊太太在精神病院，而且已待了許多年。她不會在橘子醬裡動手腳，或者在下午茶中放氰化物。她兒子在敦克爾克戰死。那就只剩她女兒露比・麥坎齊了。你的理論如果正確，又如果一連串命案都起於黑畫眉礦場的舊事，那麼露比・麥坎齊一定在這棟房子裡，只有一個人可能是露比・麥坎齊。」

瑪波小姐說：「我覺得你有點太武斷了。」

尼勒警官不理她。

「只有一個人。」

他站起來走出房間。

§

瑪麗・竇夫在她自用的客廳裡。那是一間布置簡樸的小房間，但是很舒服，可以說是竇夫小姐給予它舒服的氣氛。尼勒警官敲門的時候，瑪麗・竇夫正在看一堆零售商的帳冊，她抬頭以清晰的嗓門說：「進來。」

警官走進房內。

「請坐，警官。」竇夫小姐指指一張椅子。「你能不能等一下？魚販的總帳好像不大對，我得核對一下。」

她核計帳目時，尼勒警官默默坐著打量她。他暗想，這個女孩真安詳、真沉著。他和往常一樣，對那自信的外表所隱藏的真性格感到好奇。他仔細端詳她的輪廓和他在松林療養院見過的那個女人有沒有相像的地方。膚色有點像，面孔倒看不出相似處。

不久，瑪麗．竇夫抬頭說：「怎麼，警官，有什麼事要我效勞嗎？」

尼勒警官靜靜地說：「竇夫小姐，你知道，此案有幾個非常奇怪的特徵。」

「嗯？」

「首先伏特庫先生的口袋裡有黑麥，相當離奇。」

瑪麗．竇夫表示同感。

「確實很不尋常。你知道我無法想出任何解釋。」

「然後又有黑畫眉的怪事。夏天伏特庫先生桌上有四隻死黑畫眉，而派裡的牛肉和火腿也被人換上黑畫眉。竇夫小姐，我想兩件事發生的時候，你都在這裡吧？」

「是的，沒錯，現在我想起來了，真令人生氣。實在是一件沒有目的又惡毒的行為，何況在那個時候。」

「也許不見得沒有目的喔。竇夫小姐，你對黑畫眉礦場知道多少？」

「我好像沒聽過黑畫眉礦場。」

「你說你名叫瑪麗．竇夫。這是不是你的真名，竇夫小姐？」

瑪麗．竇夫揚起眉毛。尼勒警官覺得她的藍眼睛閃過一絲警戒的光芒。

「好一個非比尋常的問題，警官。你是不是暗示我的名字不叫瑪麗．竇夫？」

尼勒朗聲說：「我正是這個意思。我暗示你的名字叫作露比．麥坎齊。」

她瞪著他。有一段時間她的表情茫茫然，既無抗辯也無吃驚的跡象。尼勒警官暗想，那張臉叫人覺得她正在盤算什麼。過了一兩分鐘，她才用平靜無特色的嗓音說：「你指望我說什麼？」

「請回答我的問題。你的名字是不是叫露比．麥坎齊？」

「我已經說過，我名叫瑪麗．竇夫。」

「可是你有證據嗎，竇夫小姐？」

「你想看什麼？我的出生證明？」

「這可能有用，也可能沒用。我的意思是說，你也許有一張叫瑪麗．竇夫的出生證明。那位瑪麗．竇夫說不定是你的朋友或者某一位已經死去的人。」

瑪麗．竇夫的聲音又有了嘲弄的意味。

「是的，可能性很多，對吧？警官，你進退兩難了吧？」

尼勒說：「松林療養院的人可能認得你。」

瑪麗揚起眉毛。

「松林療養院！松林療養院是什麼地方，在哪裡？」

「我想你清楚得很，竇夫小姐。」

「我告訴你，我完全不知道。」

「你斷然否認你就是露比．麥坎齊？」

「我並不想否認任何事。你知道，警官，我認為該由你來證明我是這位露比．麥坎齊……不管她是誰。」現在她的藍眼睛有戲弄和挑戰的意味。瑪麗．竇夫筆直地盯著他的眼睛說：「是的，警官，一切全看你了。你若有辦法，就證明我是露比．麥坎齊吧。」

25

尼勒警官下樓的時候，海依巡佐像同謀般向他耳語道：「長官，多嘴的老太婆正在找你哩。她好像有很多話要跟你說。」

「該死到極點。」尼勒警官說。

海依巡佐說：「是的，長官。」臉上的肌肉一動也不動。

他正要走開，尼勒叫他回來。

「海依，查閱賚夫小姐給我們的這些摘記，尤其是和她以前的工作和環境有關的部分，查一下……對了，另外我還想知道一件事。把這些調查準備好，好嗎？」

他在一張紙上寫了幾行字，交給海依巡佐，巡佐說：「長官，我馬上去查。」

尼勒警官經過圖書室，聽見嗡嗡的人聲，就向裡面看一眼。無論瑪波小姐剛才是不是在找他，總之現在她正專心和柏西瓦·伏特庫夫人說話，手上的毛線針忙得喀喀響。

尼勒警官聽見半句話：「我一直認為護理工作需要才華，那是非常高貴的職業。」

尼勒警官悄悄退開。他認為瑪波小姐注意到他了，可是她不理會他的存在。

她繼續用輕柔的嗓音說：「有一次我手腕骨折，一位迷人的護士照顧我。之後她轉而去看護史帕柔太太的兒子，他是一個很好的青年海軍軍官。好美的戀愛，真的，後來他們訂婚了。我覺得真是羅曼蒂克。他們結了婚，日子過得很快樂，有兩個可愛的小孩。」瑪波小姐多情地嘆口氣。「是肺炎，你知道。肺炎要靠護理，對吧。」

珍妮佛．伏特庫說：「噢，是的，肺炎幾乎全靠護理。當然啦，現在『M&B』的藥效驚人，肺炎不再需要長期戰鬥了。」

瑪波小姐說：「孩子，我相信你一定是很出色的護士。你的戀情就是那樣開始的吧？我意思是說，你到這邊來看護柏西瓦．伏特庫先生，對吧？」

珍妮佛說：「是，是的，是……一切就是那樣發生的。」

她的語氣不怎麼興奮，但是瑪波小姐好像沒發覺。

「我了解。我們當然不該聽傭人閒扯，不過我這種老太婆難免想聽聽人家的事情。我剛才說什麼來著？噢，對了。起先另有一位護士，對吧？她被打發走了……好像是這樣。我相信是做事不小心。」

珍妮佛說：「我想不是不小心，好像是她父親或是誰病重，所以我來接替她。」

瑪波小姐說：「我明白了。於是你墜入情網，就這麼回事。是的，真好，真好。」

珍妮佛．伏特庫說：「我不敢確定好不好，我常常希望……」她的聲音顫抖。「常常希望能再回病房去。」

「是，是，我了解。你對你的工作很熱中。」

「當時不見得，不過現在回想起來……你知道，我的生活實在很單調，整天沒事做，瓦爾又全心放在事業上。」

瑪波小姐搖搖頭，她說：「現在紳士們必須辛苦工作；無論有多少錢，好像一點閒暇都沒有。」

「是的，這一來妻子有時候好寂寞好無聊。我常常希望自己沒來這兒。噢，算了，我不該那麼做。」

「孩子，不該做什麼？」

「我不該嫁給瓦爾。噢，算了……」她猝然嘆口氣。「我們別再談了。」

瑪波小姐乖乖改談巴黎正在流行的新裙子。

§

瑪波小姐敲敲書房的門，尼勒警官叫她進去，她說：「多謝你剛才沒打岔。你知道，我想證實一兩個小重點。」她以斥責的口吻說：「剛才我們其實還沒談完。」

尼勒警官露出迷人的笑容。

「瑪波小姐，真抱歉。我剛才恐怕相當失禮。我請你來商量，卻一個人猛講話。」

瑪波小姐立刻說：「噢，沒關係。你知道，當時我還沒準備好，無法把所有底牌都亮出來。我意思是說，除非我百分之百確定，否則我不想指控任何人。當然我心中自有想法，但現在我已確定了。」

「你已確定什麼，瑪波小姐？」

「咦，確定是誰殺了伏特庫先生呀。我意思是說，你跟我談橘子醬的事情之後，問題就解決了。我是指我了解做案經過、凶手是誰……而且不超出常人心智能力的範圍。」

尼勒警官眨眨眼。

瑪波小姐察覺他的反應，就說：「真抱歉，有時候我很難把話說清楚。」

「瑪波小姐，我還不太確定我們正在討論什麼。」

瑪波小姐說：「好吧，也許我最好從頭說一遍……我的意思是說，如果你有時間的話。我想向你闡明我的觀點。你知道，我和人家談過很多話，和蘭貝東小姐談過，和康普太太談過，也和她丈夫談過。當然啦，他愛扯謊，不過這也沒關係，只要你知道是愛撒謊的人在撒謊，結果是一樣的。但是我想把電話和尼龍絲襪等要點弄清楚。」

尼勒警官又眨眨眼，想不通自己為什麼會上當，居然以為瑪波小姐是個腦袋清晰的好同僚。但他自忖道，無論她腦袋多麼迷糊，她仍可能探聽到幾則有用的情報。尼勒警官之所以辦案常常成功，全是專心聽人說話的結果。現在他準備用心聽。

「請一五一十告訴我，瑪波小姐，不過你能不能從頭談起呢？」

瑪波小姐說：「好的，當然，起點是葛萊蒂。我意思是說，我是因為葛萊蒂才來的。你曾好意讓我查看她所有的東西。有了那些，加上尼龍絲襪和電話等等事情，案情就很清楚了。我是說，伏特庫先生和塔西因的事。」

尼勒警官問道：「你有了某種見解？猜到是誰把塔西因放進伏特庫先生的橘子醬裡？」

瑪波小姐說：「我不是猜測，我敢確定。」

尼勒警官第三次眨眼睛。

瑪波小姐說：「當然是葛萊蒂。」

／26

尼勒警官瞪著瑪波小姐，慢慢搖頭。

他不敢置信地說：「你是說葛萊蒂．馬丁故意害死雷克斯．伏特庫？抱歉，瑪波小姐，我不信。」

瑪波小姐說：「不，當然她無意害死他，不過是她下的手！你親口說你盤問她的時候，她緊張又慌亂，而且看來很內疚。」

「是的，卻不是為謀殺而內疚。」

「噢，我同意。我說過她無意害死人，可是，是她把塔西因放進橘子醬裡……當然她不認為那是毒藥。」

「她以為是什麼？」尼勒警官的口氣仍充滿懷疑。

瑪波小姐說：「我猜她以為是一種能叫人吐實的藥。你知道，少女們從報上剪下來的東西很有趣，也很有用處。古今都差不多，你知道。美容祕方啦，吸引心上人的祕方啦，還有巫術、靈符和奇蹟等等。現在這些都套上科學的標題。沒有人相信魔術師了，沒有人相信誰能揮一根枴杖就把你變成青蛙。可是你若在報上讀到科學家注射某一種腺體素，能改變你的器官組織，使你發展出青蛙般的特性，人人都會相信。葛萊蒂在報上看人描寫過各種叫人吐實的藥，他告訴她的時候，她當然就相信了。」

「誰告訴她？」尼勒警官問道。

瑪波小姐說：「亞伯特．伊凡斯呀。那當然不是他的真名。他某個夏天在一個度假營中認識她，就猛獻殷勤，向她求愛，我想他還跟她提起他受了冤枉迫害之類的話，重點放在雷克斯．伏特庫必須承認自己的行為，做一補償。尼勒警官，我當然不是真的知道，但我相當肯定這一點。他叫她到這邊來任職，如今傭工缺乏，要找個職位太容易了，員工常常換來換去。後來他們商定一個日子。你記得他最後一張明信片上說『別忘記我們約定的日子』，那就是他們要行動的大日子。葛萊蒂會把他給她的藥放進橘子醬上層，伏特庫先生早餐便會吃到，而且她還把黑麥放進他口袋裡。我不知道他向她編了什麼故事來解釋黑麥的事，可是尼勒警官，我從開始就告訴過你，葛萊蒂．馬丁很容易相信別人。事實上，若由一個討人喜歡的青年來告訴她，她什麼話都會信。」

尼勒警官用迷茫的口氣說：「說下去吧。」

瑪波小姐繼續說：「本來大概說好亞伯特那天要去辦公室拜訪伏特庫先生，到時候叫人吐實的藥發生作用，伏特庫先生就會招認一切……後來這可憐的女孩聽到伏特庫先生的死訊，你不難想像她的心情。」

尼勒警官提出異議。

「那她一定會說出來吧？」

瑪波小姐問道：「你盤問她的時候，她的第一句話是什麼？」

「她說『我什麼都沒做』。」尼勒警官說。

瑪波小姐得意洋洋說：「對極了，你不覺得這正是她會說的話嗎？你知道，如果葛萊蒂打破裝飾品，她會說：『瑪波小姐，不是我弄的，我想不通它怎麼會破。』可憐的孩子們，她們是不由自主。她們對自己做的事非常驚慌，一心想避免受責。你該不會認為，一個緊張兮兮的少女在無意殺人的情況下殺了人會馬上承認吧？那未免太不合她們的本性了。」

尼勒警官說：「是的，我想是如此。」

他回想自己約談葛萊蒂的情景。她緊張、心煩意亂、歉疚、眼睛不老實……這可能不重要，也可能非常重要。他實在不能怪自己沒找出正確的結論。

瑪波小姐繼續說：「我說過，她的第一個念頭就是完全否認這回事。後來，她亂糟糟地在腦中整理這一切：也許亞伯特並不知道藥性有多強，也許他弄錯了，給她的分量太多。她會替他找藉口，加以解釋。她一定很希望對方與她聯絡，而他當然這麼做了，他是用電話聯絡的。」

「你知道？」尼勒猛然問道。

瑪波小姐搖搖頭。

「不，我承認是推想的。不過那天有幾次難以解釋的電話。也就是說，人家打電話來，康普或康普太太去接，電話就掛斷了。你知道，他一定會這麼做。他得一直打到葛萊蒂接電話，然後和她訂好約會。」

「我明白了，你意思是說，她死亡的那天有約會，而且是要和他見面。」

瑪波小姐猛點頭。

「是的，這有跡象可尋。康普太太說得沒錯，她穿上最好的尼龍絲襪和一雙好鞋子，她要去會見某個人。不過她不是出去和他碰面，而是他要到紫杉小築來，所以她整天守望，慌慌張張，很晚才準備茶點。後來她端第二個托盤走到門廳，我想她大概沿著走廊向側門望，看見他在那兒向她招手，於是放下托盤，出去迎接他。」

「然後他勒死了她。」

瑪波小姐噘起嘴唇說：「只要一分鐘就能完事。他怕她說出來，不敢冒險。她非死不可，可憐的傻女孩。然後……他在她的鼻子上夾了一根曬衣夾！」老婦人聲音因氣憤而顫抖。「這是為了和兒歌配合。黑麥、黑畫眉、帳房、蜂蜜麵包和曬衣夾……他只能找這個東西來代替兒歌中叼她鼻子的小鳥……」

「我猜他最後會去布羅德摩爾瘋人院，我們不能吊死他，因為他是個瘋子！」尼勒慢慢地說。

瑪波小姐說：「我想你可以吊死他，警官，他不是瘋子，也從未發瘋過！」

尼勒警官盯著她瞧。

「瑪波小姐，你向我提出了一番見解。是，是，你說你知道，但這其實只是一種見解。你說有個人該為這些命案負責，他化名為亞伯特．伊凡斯，在夏令營認識葛萊蒂，利用她達到自己的目標。這位亞伯特．伊凡斯想報黑畫眉礦場的舊怨。那你是暗示麥坎齊太太的兒子唐納．麥坎齊並未死在敦克爾克，他還活著，策畫這一切？」

出乎尼勒警官意料之外，瑪波小姐居然猛搖頭。她說：「噢，不！噢，不！我沒暗示這一點。尼勒警官，你難道沒看出，黑畫眉的事全是假造，被一個聽過黑畫眉事件的人——圖書室和派那件事——利用了。黑畫眉是真有的，有個人知道舊事，想要復仇，就把黑畫眉放在那兒。可是此人只想嚇嚇伏特庫先生，讓他心裡不舒服。尼勒警官，我不相信小孩在成長期間會無條件接受教誨，一心等著復仇。畢竟小孩也有理智。不過誰的父親若受了騙，平白冤死，他或她難免想對禍首玩個惡毒的鬼把戲。我想是這麼回事，而凶手就加以利用。」

尼勒警官說：「凶手？快，瑪波小姐，說說你對凶手的看法吧。他是誰？」

瑪波小姐說：「你不會吃驚的，不會太過吃驚。等我說出是誰……或者我認為是誰，你就明白了。人總得力求精確，對吧？你會接受他就是犯下這幾個案子的那種人。他精神正常，聰明伶俐，沒有什麼道德節操。他當然是謀財，說不定是為了一大筆錢。」

尼勒警官乞求般說：「柏西瓦·伏特庫？」

但他一說出口就知道錯了。瑪波小姐刻畫的人不像是柏西瓦·伏特庫。

瑪波小姐說：「噢，不，不是柏西瓦，是藍斯洛。」

／27

「不可能。」尼勒警官說。

他仰靠在椅子上，以迷濛的眼神望著瑪波小姐，正如瑪波小姐所言，他並不吃驚。他的話並非否認其可能性，只是否認其確定性。藍斯洛·伏特庫符合上述形容，瑪波小姐說得恰到好處。

可是，尼勒警官想不通答案怎麼會是藍斯洛。

瑪波小姐坐在椅子上，身子往前傾，就像某人向小孩子說明簡單的算術一樣，輕柔又巧妙地道出她的見解。

「你明白，他向來如此。我意思是說，他素來是個壞胚，壞得入骨，卻始終很迷人，對女人尤其有吸引力。他腦袋機靈，肯冒險。他一直在冒險，由於有魅力，大家總相信他最好的一面而非最壞的一面。夏天他回家來看他父親……我不相信他父親寫信給他，叫他回來，除非你有這方面的證據。」她詢問般停下來。

尼勒搖搖頭。他說：「不，我沒有老人家召他回來的證據。我只有一封看似藍斯洛回非洲後寫給老人家的信，但是他不難在抵達當天把假信塞進父親書房的文件堆裡。」

瑪波小姐點點頭說：「他很機靈。我說過，他可能是搭飛機回來，想和父親和解，但是伏特庫先生不願意。你明白，藍斯洛最近剛結婚，他本來靠一筆小收入過活，錢一定也是用各種不正當的手法弄來的，現在那些錢不夠用了。他深愛派蒂（派蒂是個甜蜜可愛的女孩），想和她過高尚安定的生活，不再變來變去。由他的觀點看來，這需要很多錢。他到紫杉小築的時候一定聽人提過黑畫眉的事，也許是他父親說的，也許是阿黛兒說的。他推斷麥坎齊的女兒在這棟房子裡，於是靈機一動，認為她可以當謀殺的代罪羔羊。你要明白，他發覺自己不能左右父親的意志後，就打定主意非殺了父親不可。他可能發現父親不……呃，不太健康，他怕父親死亡的時候已全面破產。」

「他確實知道父親的健康情形。」警官說。

「啊，這就說明了不少要點。也許他父親名叫雷克斯，加上黑畫眉事件，使他想起那首兒歌。他可以把全案布置成瘋子殺人……和麥坎齊一家當年的復仇狠話連結在一起。你明白，他自認為可以把阿黛兒和會流出公司的十萬英鎊也解決掉。不過還得有第三個角色，亦即兒歌中『在花園裡曬衣服的女傭』……我猜他這才想起整個邪惡的計畫。他可以利用一位天真的同謀，然後趁她洩密前封住她的嘴巴。這一來他就有了第一樁命案的不在場證明。其他的就很容易了。他在五點以前由車站趕到這兒，葛萊蒂正好把第二個托盤端進門廳。他走到側門看到她，就向她招手，然後勒死她，把屍體拖到屋角曬衣繩的地方，這只要三、四分鐘就夠了。接著他按前門的電鈴，被迎入屋裡，和家人一起喝茶。喝完茶後他上樓去看蘭貝東小姐。然後又下樓溜進客廳，發現阿黛兒獨自在那邊喝最後一杯茶，就坐在她身邊的沙發上，一面和她說話，一面設法把氰化物放進她的茶杯。你知道，這並不難。它只是一小塊白色結晶，像方糖似的。他也許伸手到糖盒那邊，拿出一塊，大大方方放進她的茶杯裡。他會笑著說：『我在你的茶裡加了糖。』她表示不在乎，攪一攪就喝下去了。簡單又大膽，是的，他是厚顏大膽的傢伙。」

尼勒警官慢慢地說：「很可能……沒錯。但是我不明白，真的，瑪波小姐，我不明白，這樣他能得到什麼好處？就算老伏特庫死了，公司不會垮台，但藍斯洛只是小股東，怎會為此策畫三件謀殺案呢？我不懂，真的不懂。」

瑪波小姐承認道：「這是有一點小困難，是的，我同意你的話。這確實帶來不少困難。我想……」她猶豫不決地看看警官。「我對財務問題很無知，不過我想黑畫眉礦場是真的一文不值嗎？」

尼勒陷入沉思。各種片斷的印象在他腦海中嵌合在一起：藍斯洛自願由柏西瓦手中接下投機性或者沒有價值的股權；今天他到倫敦，臨別前曾叫柏西瓦放棄黑畫眉礦場和它帶來的霉運。一座金礦，一座沒有價值的金礦……那座礦場也許並非一文不值喔。可是又好像不大可能。老雷克斯．伏特庫對這種事情不太可能弄錯，當然也可能是最近測出了礦物。那座礦場在哪裡？藍斯洛說在西非。可是另外一個人……是蘭貝東小姐吧，卻說在東非。藍斯洛說西非而不說東非，是不是故意騙人？蘭貝東小姐年老健忘，然而說對的也許是她而非藍斯洛哩。藍斯洛剛由東非回國。說不定他曾得到最新的情報？

腦中鏡頭一轉，警官想起另一個片斷。他坐在火車上看《泰晤士報》：「坦干伊喀發現了鈾礦」。如果鈾礦就在黑畫眉礦場的舊址上呢？那就真相大白了。藍斯洛在那個地方獲得了消息，知道那邊有豐富鈾礦，可以發一筆財，一筆大財！他嘆了一口氣，看看瑪波小姐。

他恨恨地問道：「你認為，我有辦法找出證據嗎？」

瑪波小姐點頭鼓勵他，就像姑媽鼓勵一個正要應考的聰明小侄兒似的。

「你能證明的，尼勒警官，你是個非常非常聰明的人。我從一開始就看出來了。現在你既知道凶手是誰，應該能找到證據。例如那個夏令營的人可以指認他的照片。到時候他很難解釋自己為什麼化名為亞伯特．伊凡斯在那邊住一個禮拜。」

是的，尼勒警官思忖道，藍斯洛．伏特庫是狡詐無恥沒錯，但是他是屬於蠻幹型，他冒的險太大了。

尼勒暗想，我一定會逮到他！然後又心生懷疑，望著瑪波小姐。

「一切純屬假設，你知道。」他說。

「是的。不過你心裡十分肯定，對吧？」

「我想是吧。畢竟我以前碰過他這種人。」

老婦人點點頭。

「是的，這很重要。我之所以確定，正是基於這個理由。」

尼勒打趣般地望著她。

「因為你對犯罪者很熟悉。」

「噢，不，當然不是。是因為派蒂……那個甜蜜的女孩。這種女孩老是嫁到壞胚子，我就是因為這一點才注意到他。」

警官說：「我內心也許肯定了，不過還有很多事有待說明，例如露比・麥坎齊的事。我敢發誓……」

瑪波小姐打岔說：「你的看法很對，但是你想錯人了。去找柏西瓦夫人談談吧。」

§

「伏特庫太太，你肯不肯把婚前的名字告訴我？」尼勒警官說。

「噢！」珍妮佛張口喘氣。她似乎嚇慌了。

尼勒警官說：「夫人，你用不著緊張，但你最好說出真相。我說你婚前的名字叫露比・麥坎齊，大概沒錯吧？」

「我的……嗯，噢，算了……噢，老天，有何不可呢？」柏西瓦・伏特庫太太說。

尼勒警官說：「沒什麼不可的。前幾天我在松林療養院和令堂談過話。」

珍妮佛說：「她很氣我。現在我已經不去看她，去了只會使她心煩意亂。可憐的媽咪，她對爸太癡情，你知道。」

「她撫養你們，向你們灌輸誇張的復仇意念？」

珍妮佛說：「是的，她一再要我們以聖經發誓：永遠不忘此仇，總有一天要殺了他。後來我進醫院接受護理訓練，漸漸發覺她的精神狀態不怎麼正常。」

「伏特庫太太，你自己一定也想復仇吧？」

「噢，當然。雷克斯・伏特庫等於害死了我父親！我不是說他真的用槍或用刀殺他，但是我相信他曾見死不救。這是一樣的，對吧？」

「道德上來說是一樣的，沒錯。」

珍妮佛說：「所以我想討回公道。有位朋友來看護他的兒子，我勸她離職，推薦我代替她。我不知道自己打算怎麼做……警官，我沒有，我真的沒有，我從來沒有打算要殺死伏特庫先生。我曾想以差勁的態度看護他兒子，任其死亡。不過人一旦當了護士，是不可能這麼做的。事實上，我盡心幫助瓦爾度過難關。後來他喜歡我，向我求婚，我暗想：『這是最合理的報仇方式』。我的意思是說，嫁給伏特庫先生的長子，奪回他由家父手中詐取的錢財，我認為這樣更聰明。」

尼勒警官說：「是的，沒錯，這樣更聰明。」他又加上一句：「我想桌上和派裡的黑畫眉是你放的吧？」

柏西瓦太太臉紅了。

「是的，想想自己真的很傻……不過有一天伏特庫先生大談傻瓜，自誇他怎麼騙人、勝過人家。噢，他用的全是合法的手段。我暗自打算嚇嚇他。他真的嚇慌了，心慌意亂到極點。」她焦急地加上一句：「不過我沒做別的事！真的沒有，警官。你不會……你不會以為我殺人吧？」

尼勒警官微微一笑。

「不，我不認為如此了。對，最近你有沒有送錢給賓夫小姐？」

珍妮佛下巴往下沉。

「你怎麼知道？」

尼勒警官說：「我們知道很多事。」又自言自語說：「還有很多是猜出來的。」

珍妮佛說話很快。

「她來找我，說你指控她是露比．麥坎齊。她說我若能弄到五百英鎊，她就不點明你的錯誤，讓你一直這麼想。她還說你若知道我是露比．麥坎齊，我會成為謀殺伏特庫先生和我繼母的嫌疑犯。我費了好大的勁才弄到那筆錢，因為我不能告訴柏西瓦。他不知道我的身世。我只得賣掉訂婚戒指和伏特庫先生送我的一條美麗項鍊。」

尼勒警官說：「別擔心，柏西瓦太太。我們大概能替你把錢要回來。」

§

次日，尼勒警官又約見瑪麗．竇夫小姐。

「竇夫小姐，不知道你肯不肯交出一張五百英鎊的支票，付給柏西瓦．伏特庫太太。」

他終於看到瑪麗．竇夫失去鎮定，他深感欣慰。

她說：「我猜那個蠢貨告訴你了。」

「是的，竇夫小姐，勒索是很嚴重的罪名喔。」

「警官，這也不算勒索嘛，我想我的勒索罪名很難成立。我只是幫柏西瓦太太一個特別的忙罷了。」

「好吧，竇夫小姐，你若把那張支票交給我，我們就算了。」

瑪麗．竇夫把她的支票簿拿來，並取出鋼筆。

她嘆口氣說：「真惱人，我現在手頭特別緊。」

「我猜你馬上就要另找工作了吧？」

「是的，這個工作的結果和我的計畫不相符。從我的觀點看來非常不幸。」

尼勒警官表示同感。

「是的，這一來你的處境相當困難，對吧？我意思是說，我們可能隨時會去查你以前的經歷。」

瑪麗．竇夫恢復鎮定，揚起眉毛。

「警官，我向你保證，我的過去無懈可擊。」

尼勒警官怡然同意說：「是的，沒錯，竇夫小姐，我們不指控你什麼。不過說來真巧，你任職過的三個地方在你走後三個月左右都發生竊案。竊賊似乎深知貂皮大衣、珠寶等物放在什麼地方。奇怪的巧合，對吧？」

「警官，巧事是可能發生的。」

「噢，是的，但也不能發生太多次，竇夫小姐。我敢說，未來我們可能會再碰面。」尼勒說。

瑪麗．竇夫說：「我希望——尼勒警官，我無意失禮——我們別再碰頭了吧。」

28

瑪波小姐抹平皮箱的頂層，把一條羊毛披肩塞進去，蓋好箱蓋。她看看臥房四周。不，她沒遺忘什麼。康普進來替她拿行李。瑪波小姐進隔壁的房間去向蘭貝東小姐道別。

瑪波小姐說：「謝謝你的盛情招待，我回報的方式恐怕很差勁。但願有一天你能夠原諒我。」

「哈。」蘭貝東小姐說。

她照常玩單人橋牌。

「黑J，紅Q。」她以精明的目光斜睨了瑪波小姐一眼說，「我猜你查到了你要查的東西。」

「是的。」

「我猜你都告訴那個警探了吧？他能證實案情嗎？」

瑪波小姐說：「我保證可以。這需要一點時間。」

蘭貝東小姐說：「我不想再聽什麼。你是精明的女人，我一看就知道。我不怪你，壞事就是壞事，必須受到處罰。這個家族有一條惡脈，謝天謝地，不是從我們這一方傳下來的。我妹妹艾薇拉是傻瓜，如此而已。」蘭貝東小姐用手指拈牌說：「黑J。長得俊，心卻是黑的。是的，我就是擔心這一點。啊，人總免不了喜歡罪人。那孩子一向有辦法。連我都騙過了。提到那天他離開我的確切時刻，他撒了謊。我沒反駁他，可是我覺得奇怪……後來一直懷疑。不過他是艾薇拉的兒子，我不忍心說出來。噢，算了，珍．瑪波，你是正直的女人，正義必須伸張。但我替他太太難過。」

「我也是。」瑪波小姐說。

派蒂．伏特庫在門廳裡等著說再見。她說：「我真希望你別走。我會想你的。」

瑪波小姐說：「我該走了。我已達到來此的目標。說來並不怎麼……愉快。可是你知道，邪惡不該得到勝利，這一點很重要。」

派蒂露出疑惑的表情。

「我不懂。」

「是，孩子，可是有一天你也許會懂的。請容我提出忠告，如果你生命中的某一方面出了問題，我想最快樂的莫過於回到童年快樂的故鄉。孩子，回愛爾蘭去，與犬馬相伴。」

派蒂點點頭。

「有時候，我真希望佛瑞迪死後我就這麼做。不過我如果去了……」她的聲音變得很輕柔。「絕不可能認識藍斯洛。」

瑪波小姐嘆了一口氣。派蒂說：「我們不留在這裡，你知道。等事情解決，我們要回東非去。我好高興。」

瑪波小姐說：「親愛的孩子，願上帝保佑你。人需要極大的勇氣才能渡過人生的難關，我想你有那種勇氣。」

她拍拍少女的手，然後放開，由前門出去坐計程車。

§

那天晚上，瑪波小姐抵達家門。

剛由聖信孤兒院畢業的吉蒂為她開門，笑咪咪迎接她。

「小姐，我弄了一條青魚給你當晚餐。看你回來我真高興，你會發現家裡一切都很清爽舒服。我已經做了開春大掃除。」

「吉蒂，那真好，我很高興回家了。」

瑪波小姐發現飛簷上有六個蜘蛛網。這些女孩子怎麼從來不抬頭！但她為人厚道，不忍說出來。

「小姐，你的信放在門廳的桌子上。有一封曾經誤送到乳酪場。他們老是這樣，對吧？『Dane』和『Daisy』看來有點像，這回字體又潦草，難怪會送錯。那邊的人不在，房子鎖著，到他們今天回家才把信送過來，說『但願不是重要的信』。」

瑪波小姐拿起郵件。吉蒂說的那封信放在最上層。瑪波小姐看到汙跡斑斑的潦草字跡，一股模糊的回憶湧上心頭，她拆信來看。

親愛的夫人：

我希望你原諒我寫這封信，但我真的不知道該怎麼辦才好，我無意害人。親愛的夫人，你會在報上看到消息，他們說是謀殺，但那不是我做的，因為我不會做那種壞事，我知道他也不會。我是指亞伯特。我說不清楚。可是你知道，我們夏天認識，要結婚，只是亞伯特還沒討回公道，他被這位死者伏特庫先生騙了。伏特庫先生否認一切，當然人人都相信他，不相信亞伯特，因為他有錢，亞伯特沒錢。

不過亞伯特有個朋友在某地工作，他們做了這種新藥，就是所謂叫人吐實的藥，你可能在報上看過，人吃了這種藥，不管想不想說真話都會說的。十一月五日，亞伯特要到辦公室去見伏特庫先生，還會帶律師去，我負責在那天早晨讓伏特庫先生吃藥，等他們來的時候，藥效產生了，他就會承認亞伯特說的話是實情。噢，女士，我把藥放在橘子醬裡面，可是現在他死了，我想也許是藥效太強。不能怪亞伯特，因為亞伯特絕不會做出這種事，但我不能告訴警察，他們也許會以為亞伯特故意殺人，我知道他不是。

噢，女士，我不知道怎麼辦、該說什麼話，警察守在屋子裡，好可怕，他們問問題，嚴厲地看著人家，我不知道該怎麼辦，又沒接到亞伯特的消息。噢，夫人，我不想求你，不過你若能來幫助我就好了，他們會聽你的話，你對我一向很好，我沒有惡意，亞伯特也沒有，你若能來幫我的忙多好。

附啟……我在信封裡附上一張亞伯特和我的照片，是夏令營的一個男孩拍下來交給我的。亞伯特不知道我有這張照片，他討厭人家替他照相。不過夫人，你可以看出他是多麼漂亮的男孩子。

瑪波小姐噘著嘴唇俯視照片。照片中的男女四目交投。瑪波小姐先看葛萊蒂那張嘴巴微開、深情款款的面孔，然後看另一張臉……正是藍斯洛．伕特庫英俊含笑的面容。

信上的最後一句話在她腦中回響！

「你可以看出他是多麼漂亮的男孩子。」

瑪波小姐熱淚盈眶，先是憐憫，然後是憤怒……恨凶手太狠心。

最後，兩種情緒都消失了，代之而起的是勝利的波濤。那跟一位專家靠下頰骨和牙齒的殘跡再造一具絕種的動物標本一樣得意。

專文推薦

藏在日常細節中的冒險

楊照（作家）

一開始，就都在那裡了。

一九二〇年，阿嘉莎．克莉絲蒂出版了《史岱爾莊謀殺案》，神探白羅就已經退休了。而且在這個案子裡，藉由敘述者海斯汀的轉述，就鋪陳出克莉絲蒂小說最基本的偵探原則：

「那些看來或許無關緊要的小細節……它們才是重要的關鍵，它們才是偉大的線索！」

「豐富的想像力就像洪水一樣，既能載舟亦能覆舟，而且，最簡單直接的解釋，往往就是最可能的答案。」

「沒有任何謀殺行為是沒有動機的。」

還有，一個不討人喜歡的死者，一群各有理由不喜歡死者、因而也就都有殺人動機的人，這些人彼此之間構成複雜的關係，有的互相仇視，有的互相愛戀，麻煩的是，有些愛人其實貌合神離，有些仇人其實私下愛慕；更麻煩的是，不論是愛或是仇，都有可能是扮演出來的。

一個外來的偵探必須周旋在這些嫌疑者之間，從他們口中獲取對於案情的了解，換句話說，他必須在很短的時間內，搞清楚誰是誰、誰跟誰吵架、誰跟誰偷情，然後判斷誰說的哪一句是實話、哪一句是謊言。常常謊言比實話對於破案更有幫助。

再偷偷透露一下，如果要和小說裡的凶手及小說背後的作者鬥智，就像克莉絲蒂對英國社會的了解，祕訣就在於要去追究小說裡的人物背景，尤其是他們的階級地位。基本上，階級地位愈高、權力愈大、愈有錢者，說的話就愈不要相信。例如在《史岱爾莊謀殺案》中，僕人、園丁說的話遠比有頭有臉的人說的要可信多了。就算要說謊，他們的謊言也比較天真，而且往往出於善良動機。當你歸納線索時，就會知道他們並非故意說謊，那是因為他們的認知受到蒙蔽或誤導，而你慢慢就從這蒙蔽或誤導中被引導到真相。

《史岱爾莊謀殺案》出版那年，克莉絲蒂三十歲，但書稿其實早在五年前就寫好了，畢竟要找到有人願意出版一個看來再平凡不過的家庭主婦寫的小說，並不是那麼容易。

所有和克莉絲蒂接觸過的人，都對於她的「正常」留下深刻印象。她看起來就和她那個年紀的典型英國家庭主婦一樣，害羞、靦腆，只能在社交場合勉強跟人聊些瑣事話題，完全無法演講，甚至連只是站起來對眾賓客說幾句客套話，請大家一起舉杯，她都做不到。她不演講，也很少答應接受採訪，就算採訪到她也很難從她口中得到有趣的內容。她會講的，幾乎都是記者本來就知道、或者自己就可以想得出來的。

例如說白羅這個神探的來歷。克莉絲蒂回答：他應該是個外國人，這樣就能在英國日常生活中看出英國人自己看不出的線索。她自己碰過的外國人，只有第一次大戰剛爆發時到英國避難的比利時人。比利時警察怎麼能跑到英國來？那一定是因為他已經退休了。他有潔癖，所以對於現場會有特殊的直覺，馬上感受到不對勁的地方。一個有潔癖的人，好像應該長得矮小些才相稱，一個矮小有潔癖的人最適當的名字，就是希臘神話裡的大力士「赫丘勒斯（Hercules）」，製造出荒唐的對比趣味。那白羅這個姓是怎麼來的呢？克莉絲蒂很誠實地說：「我不記得了。」

一切都如此順理成章，一切都如此合邏輯，不是嗎？有記者問她怎麼看自己的舞台劇〈捕鼠器〉，創下了英國劇場、甚至全世界劇場連演最多場紀錄的名劇？克莉絲蒂的回答也還是中規中矩，合理合節：那是一齣小戲，在一個小劇院演出，成本很低，任何人想到了都可以帶家人或朋友去看，老少咸宜，並不恐怖，也不特別荒謬打鬧，可是又什麼都有一點，包括恐怖和荒謬打鬧的成分。

她的身上找不出一點傳奇、怪誕色彩，那她為什麼能在五十年間持續寫偵探小說，創造了那麼多謀殺，還創造了那麼多詭計？

首先因為她是女性，以及她的身世，包括她的階級身分，使得她在描寫故事場景時比一般男性作者來得敏感。因為在她之前的偵探推理小說男性作家的階級身分都是高高在上，基本上他們會從較高的角度看社會，比較看不到底層的感受。

而她的婚變以及婚變中遭逢的痛苦，都使她更能體會與觀察，將英國社會的複雜細節融入小說的核心情節，讓探案與線索分析結合在一起。

克莉絲蒂一生結過兩次婚，第一次在一九一四年，婚後不久，丈夫就參加了歐戰，是英國皇家空軍最早一批飛行員。一九二六年，這個丈夫有了外遇，直率地向克莉絲蒂要求離婚，在那之前，克莉絲蒂的媽媽才剛過世，雙重打擊之下，又遇到車子無法發動，克莉絲蒂崩潰了，她棄車而走，忘記了自己究竟是誰，躲進一家鄉間旅館，登記時寫了她心裡唯一有印象的名字——她丈夫情婦的名字。

離婚後，一次在晚宴中，有人提起近東烏爾考古的最新收穫，克莉絲蒂就取消了原定要去西印度群島的計畫，改訂了跨越歐洲到君士坦丁堡的「東方快車」，是的，就是這趟旅程給了她寫《東方快車謀殺案》的靈感。不過更重要的是，在烏爾，她認識了一位年輕的考古學家，比她小十四歲，這個人後來成了她的第二任丈夫。

這位考古學家陪她去參觀在沙漠中的烏克海迪爾城，卻在沙漠中迷路困陷了。幾小時中克莉絲蒂卻沒有一點驚慌不安，當下考古學家就決定要向她求婚。

原來，克莉絲蒂的內心是有這種冒險成分的。要不然她不會兩次選到的，都是喜愛冒險的丈夫，而她本身大概也不會吸引一個在各種危險情境下挖掘古代寶藏的人，讓他願意向一個大他十四歲的女人求婚。

這樣說吧，維多利亞時代後期的英國環境，壓抑限制了克莉絲蒂冒險、追求傳奇的內在衝動，她只好將這樣的衝動寄託在丈夫和寫作上。她一邊陪著第二任丈夫在近東漫走，一邊在小說中寫各式各樣的謀殺與探案。謀殺和探案都是冒險，還有，偵探偵查中做的事——蒐集線索，還原命案過程——其實和考古學家的考掘，如此相似！

克莉絲蒂寫得最好的，正是「藏在日常中的冒險」。她個性中的雙面成分，造就了特殊的偵探魅力。既嚮往非常傳奇，卻又有根深柢固的日常邏輯信念，兩者都在克莉絲蒂的小說中扮演了重要角色。她的謀殺案幾乎都和日常習慣緊密編織在一起，日常環境成了凶手最重要的掩護。有些日常規律明顯地被破壞了，讓我們很自然以為那會是謀殺的線索，沿著這些線索形成了閱讀中的推理猜測，然而白羅早就提醒了，真正重要的反而是那些「細節」，也就是看來像是依隨日常邏輯進行的事，或說藏在日常邏輯中因而不被看重的事，那裡要嘛藏著凶手的核心詭計、煙幕，要嘛藏著凶手致命的破綻。

凶案的構想，就是如何讓異常蓋上日常、正常的面貌，又如何故意將日常、正常予以扭曲，製造假象；那麼偵探要做的，就是如何準確地在日常中分辨出真正的異常，將假的、明顯的異常撥開來，找出細節堆疊起來的異常真相。

此外，克莉絲蒂的小說裡隱藏著極其曖昧的情感價值觀，最典型、最有名的就是《東方快車謀殺案》。透過追查過程，讓讀者知道為什麼凶手要訴諸於這種手段，其動機具有可同情之處，再加上克莉絲蒂對身分階級的觀察，她比較相信或讓讀者相信那些沒有權力、地位的人，隨著偵查節奏去認識可能或必須懷疑的人。克莉絲蒂最擅長營造「多重嫌疑犯」的小說特質，因為讀者在閱讀時必須被迫去認識很多不一樣的人。在她最受歡迎的作品，大概都具備這樣的特質。

當然，她的作品中還有兩個最突出的神探，即白羅和瑪波。白羅是比利時人，但為什麼必須是外國人？這是因為英國人具有高度階級意識，這種觀念一路滲透到所有互動細節，包括人與人之間如何說話。而白羅因為不是英國人，他會發現一般英國人不太看得出來的東西，以及兩個人互動的方法哪裡不正常。至於瑪波為什麼得是老太太？她一如那個年代的老人家，總是靜靜坐著打毛線，因為不起眼，自然讓人放鬆防備，所以瑪波探案的線索都是來自於這樣的互動模式。

然而，白羅有很明顯的優勢，瑪波的身分使她基本上只能進行「靜態」的辦案，案子的空間受到侷限，白羅卻可以跨越各種空間，恣意揮灑。而且白羅擁有警官身分，可以合理出現在各種犯罪現場，瑪波能出現的地方，相形之下就勉強、不自然多了。白羅是明白的outsider，在英國，只要他出現，就會覺得有外人在而感到緊張，於是很容易露出平常不會表現的行為；瑪波則看起來是insider，但實質上是outsider，因為總是沒人發現她、當她空氣人。這兩人的探案，是兩個極端。雖然讀者最愛白羅，但克莉絲蒂自己偏愛瑪波勝於白羅。

不管後來的偵探、推理小說發展了多少巧妙詭計，克莉絲蒂卻不會過時，因為她的推理如此密切地和日常纏繞在一起；活在日常中，我們就無可避免被克莉絲蒂的「日常細節推理」吸引，隨時讀來都充滿驚奇趣味。

名家盛讚克莉絲蒂（依推薦時間排序）

金庸（作家）

克莉絲蒂的寫作功力一流，內容寫實，邏輯性順暢，也很會運用語言的趣味。閱讀她的小說，在謎底沒有揭露之前，我會與作者鬥智，這種過程非常令人享受。其作品的高明之處在於：布局的巧妙完全意想不到，而謎底揭穿時又十分合理，讓人不得不信服。

詹宏志（作家、PChome網路家庭董事長）

推理小說在從先輩柯南·道爾等人的發明中出現力量時，誕生了一位《天方夜譚》故事中每天說故事說個不停的王妃薛斐拉·柴德，也就是「謀殺天后」克莉絲蒂，整個世界對聽這些故事才有如此的熱情。他們捨不得睡覺，每天問後來還有嗎、還有嗎，永遠不肯離去，這就是克莉絲蒂對推理小說的最大貢獻。

可樂王（藝術家）

所謂「克莉絲蒂式」的推理小說，就是一場和一個天才的寫作者或高明的恐怖份子在紙上捕掠捉殺的戰事。即便是一列火車、一處飯店或一間酒吧，在克莉絲蒂寫來皆充滿神祕和猜謎。在人生適合的下午裡，我總是一面嚼著口香糖，一面跟著矮子偵探白羅穿梭謀殺現場，克莉絲蒂的推理作品無疑是推理世界中最充滿「魔術性」的小說。

吳若權（作家、節目主持人）

我從小就對推理小說情有獨鍾，克莉絲蒂一系列的作品尤其令我愛不釋手。多年來，閱讀推理小說的經驗讓我覺悟：讀者在文字情節中推展開來的驚嘆，不只是因緣於故事的本身，而是自我性格的投射。從這個觀點來看克莉絲蒂一系列的作品，她簡直就是洞徹人性的算命師。而讀者，在她的文字中，發現了自己無可奉告的命運。

藍祖蔚（國家電影及視聽文化中心董事長）

做過藥劑師，難免懂得毒藥；嫁給考古學家，難免也就嫻熟文明的神祕；再加上曾經失蹤九天，一切不復記憶的離奇經驗，的確提供了寫作靈感，但若少了想像力，那些片羽靈光縱使辛辣如辣椒，卻不足以成菜。

推理小說重布局、重人物描寫，克莉絲蒂最厲害的卻是犀利的人性觀察，她一手創造的白羅探長，潔癖個性完全和她相反，更將她所憎厭的人格特質集於一身，殊不知，唯有不對著鏡子寫作，才能夠跳出框架與制式反應，開闢無限寬廣的新世界，建構多面向的詭異迷宮。

看完她的小說，你只會更加訝異，到底是什麼樣的心靈才能成就這般視野？

李家同（作家、前暨南大學校長）

克莉絲蒂的整體布局十分細膩，最後案情也都講解得非常詳細，回頭去看，在書中都找得到線索。故事的情節與內容也很好看，不是像一個流氓在街上被殺掉那麼單調。……看小說應該要花腦筋、要思考，從小就要養成思辨的能力，看她的小說，就是對邏輯思考能力極佳的訓練。

袁瓊瓊（作家）

雖然被公認是冷靜理性的謀殺天后，但是在理性之下，克莉絲蒂的底色依舊是感情。克莉絲蒂很明白，所有的慾望之後，都無非是某種愛情。在以性命相搏的犯罪世界裡，凶手以終結他人的性命來遂私欲，不過是為了成全自己的愛，或者是成全自己的恨。

鄧惠文（精神科醫師）

以推理小說作家而言，克莉絲蒂的風格相當獨樹一格。她的偵探在辦案時，靠的不光是科學證據的搜集，而是大量運用犯罪心理學，及對人性的深刻了解。例如在《五隻小豬之歌》中，白羅便是藉由聽取嫌疑犯訴說案情時所不自覺顯露的主觀意識及中心思想，而看出其中破綻，找出真凶。白羅是靠腦袋辦案，以心理層面去剖析案情，即使人們敘述的是同一件事，他可以聽出不同角色因出發點及看待角度不同所透露的情緒觀感，從而抽絲剝繭，還原事實真相。

克莉絲蒂所塑造的人物也生動且各具特色，不同個性所出現的情緒反應描寫，皆細膩而準確，讓讀者產生豐富的想像空間，一展卷便欲罷而不能。

吳曉樂（作家）

克莉絲蒂使用的語言平易近人，主要是以角色與情節的對應來斧鑿出故事的深度，堆疊出讓讀者回味的迂迴空間。而她筆下的角色往往性別、階級、性格、族群各異，塑造出多元又豐富的人物群像。

文學作品不問類型，若要流傳於世，最終仍得上溯至「人性」的理解與反思。而阿嘉莎・克莉絲蒂的作品中，我們可以看到人類屢屢得和自己的人生討價還價，或千方百計讓主觀意識與客觀條件達成某種程度的整合，讀者在重建人物的心理軌跡時，也見識到自身的是非成敗，我認為，這也是克莉絲蒂的作品能夠璀璨經年、暢銷不衰的主因。

許皓宜（心理學作家）

克莉絲蒂筆下的故事看似在談人性的醜惡，實則像一位披著小說家靈魂的心靈引導者，用她的文字訴說著人們得不到「愛」時的痛苦。於是在故事終了的剎那，你不得不對人生多了幾分「看透感」：原來，我們心裡的那些痛苦、報復與自我折磨的慾望，不是因為「憤恨」，而是起於對「愛的失落」。這或許是我們在情感世界中最珍貴且深刻的一種覺察了。

推理小說荒謬驚悚嗎？不，它其實很寫實。它幫我們說出心裡的苦、怨、醜陋的慾望，於是，我們可以重新學習愛了。

一頁華爾滋 Kristin（影評人）

從有記憶以來，閱讀克莉絲蒂最迷人之處往往不在真正的凶手是誰，而是在於「Why」（為什麼）與「How」（如何進行），在於人性與心理描摹的故事肌理。依循其書寫脈絡，會發覺不只是邏輯清晰、布局縝密、著重細節，她總能完美掌握敘事節奏，書中人物彷彿真實存在般鮮明躍然紙上，讀者情緒會隨精準文字保持流轉、跳動、收放，掩卷時並無太多真相水落石出的暢快，反倒淡淡的惆悵化為餘韻襲上心頭，原來還是種種意料之外，卻屬情理之中的人性盲目使然。私以為，那成就了克莉絲蒂的推理故事之所以無比迷人的主因之一。

冬陽（推理評論人）

雖然阿嘉莎．克莉絲蒂的作品並非我的推理閱讀啟蒙，卻是養成閱讀不輟的重要推手。首先，她無庸置疑是個說故事能手，打開我名為好奇的開關；其次是設計犯罪事件的巧妙多元，既日常又異常，凶手更是叫人意想不到。沒錯，我相信每個當讀者的都忍不住想破案，想早偵探一步識破詭計，或者像考試結束鈴響前一秒，瞎猜都要指著某個角色大喊「你就是犯人」！然後會忍不住作弊——不是翻到最後幾頁窺探真凶身分，而是往前翻查讓人起疑的段落、偵探顯然掌握重要線索的時刻，直到忍不住豎白旗投降，看神探（我知道啦，真正把我耍得團團轉的聰明人是作者）頭頭是道地分析我遺漏錯置的片片拼圖，終於看清真相全貌。這，就是偵探推理，我因此熟悉遊戲規則、沉醉在每一場迷人故事裡，成為這個類型書寫的俘虜，享受至今不疲的美好滋味。

石芳瑜（作家、永樂座書店店主）

布局細膩、處處留下線索，破案解說詳細，說明了這位安靜、害羞的推理小說女王心思縝密，且充滿想像力。密室殺人，完美犯罪，《東方快車謀殺案》不愧為古典推理小說的經典。再加上神祕的東方色彩，隨著火車抵達的迫切時間感，連非推理小說迷都會神經拉緊，讀完大呼過癮。

家庭主婦缺少人生經驗？處女座的阿嘉莎．克莉絲蒂充分展現她過人的寫作天分，靠得是從小開始的閱讀，以及對偵探小說的著迷。三十歲寫下第一本偵探小說《史岱爾莊謀殺案》的克莉絲蒂，在那個時代並不能說是「早慧」，但寫作生涯五十五年中，共創作了八十部偵探小說，卻令人難以企及。這位害羞靦腆的小說女神，大概是相信只要有足夠的理由，每個人都有殺人的可能！

余小芳（暨南大學推理研究社指導老師、台灣推理作家協會常務理事）

學生時代加入推理社團，社課指定讀物便是經典作品《一個都不留》，成為我對克莉絲蒂的初步印象，自此沉浸於推理小說的世界。隔年寒假陪同學參與轉學考，在斜風細雨的走廊中，滿足讀完《東方快車謀殺案》。隨著歲月遠走，已昇華成趣味回憶。

踏入推理文學領域需要認識的作家，阿嘉莎．克莉絲蒂絕對名列其中，她的作品常有英國小鎮風光、莊園式的謀殺、設備豪華的交通工具等，還有特色鮮明的偵探活躍其中。書中少有血腥、暴力的橋段，布局巧妙且結構嚴密，手法純粹、知性，故事內容與人物性格融為一體，以高超的想像力結合說好故事的能耐，為推理小說開創新局面。克莉絲蒂推理全集重編改版，值得新舊讀者一起探索。

林怡辰（國小教師、教育部閱讀推手）

多年後，還是難忘第一次閱讀阿嘉莎．克莉絲蒂作品的感動和激動。

這套將近一世紀的作品，文筆流暢，邏輯縝密，過程中不斷與作者較量、猜出凶手，直到最後解答不禁佩服，蛛絲馬跡處處展現作者的精妙手法，於是又拿起另一部作品，再次沉溺在謀殺天后所編織的日常世界中的奇幻，無可自拔。犯罪動機和手法穿越時空限制，如今讀來合理且依舊令人感動，閱讀中趣味橫生，難怪成為後來諸多偵探小說的原型。

克莉絲蒂創作生涯中產出的八十部推理作品，至今多部躍上大銀幕，無怪乎被稱之為「經典」，喜愛推理偵探作品的人不可不讀，你會驚異於她在文字中施展的魔法！

張東君（推理評論家、科普作家）

我愛克莉絲蒂！這位在台灣有時會被稱為克奶奶的超級暢銷推理小說家，即使是自認沒讀過她的書的人，也都會在各種書籍或影視作品中看到對她致敬的片段。由於她喜歡旅行和冒險，那些經驗與體驗都成為書中的場景，因此閱讀她的作品時，不只是雀躍地跟著偵探推理，也有了虛擬的旅行體驗。或者當成旅遊導覽書，在出發去尼羅河、去英國鄉間、去搭船搭火車時，就塞一本克奶奶的作品到隨身背包中。

我還是大學新生時，就聽學姐說她哥哥經常看克奶奶的小說，而且邊看邊狂笑。於是我跟著效仿，在某次搭飛機之前買了第一本小說當旅伴，不只看得超開心，看完後還到處找尋書中出現的那種有兜帽的斗篷，當成出門時的必備用品。克奶奶的作品是跨越文字、國界的。只要看過一本，就會不停地追下去。還好，真的是還好只有八十本。何況這次是全新校訂的紀念珍藏版，當然不能錯過！

發光小魚（**呂湘瑜**）（文史作家、助理教授）

一部好的偵探小說，除了情節設計巧妙之外，還需要洞悉人性，如此方能合理地交代人物的言行舉止與動機。阿嘉莎．克莉絲蒂便是其中翹楚，她的作品不管是偵探、愛情小說或戲劇，必要元素都是謎題與人性。在寧靜無波的場景下暗潮洶湧，永遠都有意料之外，讀者的情緒也會隨著劇情的進行起伏糾結。克莉絲蒂觀察到時代的變化，將犯罪心理融入作品中，於是，看她的小說不只能得到解謎的快樂，同時對人性也能夠有所省思。

此外，克莉絲蒂豐富的人生歷練及旅行經歷，例如一九二二年的環球之旅、居住過也旅行過的巴黎和埃及，甚至是追隨考古學家丈夫前往的中東，都讓她的小說讀來更加充滿異國情調。如果你也愛旅行，不如就讓我們一同搭上那一班南法的藍色列車，或由伊斯坦堡出發的東方快車，跟著白羅鑽進一樁奇案，一嘗旅程中破解謎題的快感吧。

盧郁佳（作家）

國小時，家裡買了一套阿嘉莎．克莉絲蒂全集，從此成了我的毒品，在白癡課本將我的腦袋啃嚙成海綿般空洞時，撫慰受創的心靈，那時我仍對人心險惡一無所知。

數學課教你列算式，樂趣遠不如克莉絲蒂教你住宅平面圖、偷換時序的密室魔術，你從庭園長窗進房間，我從房門直通鄰房，他從走廊進房……從而學會故事是建構邏輯。她文風多變，時而《四大天王》中讓神探白羅向助手海斯汀大賣關子，眉頭緊皺，山雨欲來，預示天翻地覆，只能靠他拯救世界；時而用維吉尼亞．吳爾芙《自己的房間》中俏皮的語言，讓貧苦村姑安妮在《褐衣男子》中回憶南非出生入死的冒險，竟源於她耽讀村裡圖書館爛舊的冒險愛情小說，還有戲院每週末放映〈帕米拉歷險記〉，帕米拉每集從飛機跳落高空、搭潛艇、爬上摩天大樓，每次被黑幫老大抓到總不一刀斃命，卻老要用瓦斯毒死她，暗示續集又會逃出生天。

長大才發現，克莉絲蒂小說就是我的〈帕米拉歷險記〉：它以歌劇般輝煌龐大的天真陰謀、精細的人際觀察（一句話重音放在哪個字、從膝蓋鑑定女人的年齡等），召喚年輕讀者抱持浪漫精神投入未知的壯遊，瘋魔、衝撞、冒犯，傷痕累累毫無懼色。正如瓦斯在冒險片中太多、現實中卻太少；陰謀在現實中沒有克莉絲蒂寫得那麼複雜，但她刻畫的心理卻是現實中解謎的試金石。

賴以威（臺灣師範大學電機系副教授）

或許可以為經典下幾個定義：該領域的愛好者更都讀過；不是這個領域的愛好者，許多人也都聽過；影響後續的作品，在很多著作中都可以看到它的影子；值得反覆再三閱讀，每隔一陣子再讀都可以獲得閱讀的樂趣，有更多的體悟。我永遠記得第一次讀《東方快車謀殺案》時，被那宛如嚴謹設計數學謎題的鋪陳、推進給深深吸引、震撼。從這幾個角度來說，克莉絲蒂的推理小說被稱之為「經典」，可說是當之無愧。

謝哲青（作家、旅行家、知名節目主持人）

克莉絲蒂小說的魅力在於透過每個角色的對白，藉由不斷的說話來表現人物的個性，以彰顯其人格特質中一些無法被忽略的事實。我們從他們的言語、講話的過程和字裡行間，竟然就能知道誰是凶手。

我從克莉絲蒂的小說學到很多，除了推理小說有趣的事實之外，最重要的是，我在工作的職場跟人應對的時候，如何從語言和對話裡去捕捉某些隱而不顯的事實。許多人們欲蓋彌彰的東西，無論心事也好、祕密也好，克莉絲蒂都會用文學的手法，讓你理解語言的奧妙和魅力。

克莉絲蒂的書寫會讓你覺得彷彿自己也在現場，你可以從聽到的對話當中，學會如何理解人心的一些小技巧，這是小說家最出色、最偉大的地方。我們必須學習傾聽別人說話——這些人講話是真誠的嗎？他想要跟你分享什麼資訊？這些資訊可靠嗎？——這是我在閱讀推理小說時，最大的收穫和理解。

阿嘉莎・克莉絲蒂大事記

1890		• 九月十五日出生於英格蘭德文郡托基鎮。
1894	4 歲	• 開始在家自學，父母親、姐姐教導閱讀、寫作、算術和彈鋼琴。
1895	5 歲	• 家中經濟走下坡，舉家搬至法國，學會流利的法語。
1905	15 歲	• 在巴黎寄宿學校學鋼琴和聲樂，但生性極度害羞，未成為職業鋼琴家，最終回到英國。
1907	17 歲	• 陪同母親前往埃及調養身體，對社交活動充滿興趣，但尚未對日後感興趣的埃及古物點燃熱情。 • 回英國後繼續寫作、參與業餘戲劇表演。
1908	18 歲	• 寫出第一篇短篇小說〈麗人之屋〉，同時也寫出第一部愛情小說《白雪黃漠》，以筆名向出版社投稿，但屢遭退稿。
1912	22 歲	• 與英國皇家軍官亞契・克莉絲蒂（Archibald Christie）熱戀。 • 八月爆發第一次世界大戰，亞契奉派到法國作戰。
1914	24 歲	• 耶誕夜結婚，亞契隨即返回戰場。克莉絲蒂參與紅十字會工作，在醫院擔任護士和藥劑師，因此對藥理和毒物非常熟悉，造就後來多部推理小說情節都以毒藥殺人。
1916	26 歲	• 開始嘗試寫推理小說，寫出第一部小說《史岱爾莊謀殺案》，主角偵探赫丘勒・白羅的靈感，來自於大戰期間英國鄉間的比利時難民營。本書歷經數家出版社退稿後，終獲柏德雷・海德（The Bodley Head）圖書公司的出版機會，之後並簽下另五本小說的合約。
1919	29 歲	• 前一年亞契返回英國，八月生下女兒露莎琳。

1920	**30 歲**	• 出版《史岱爾莊謀殺案》。
1922	**32 歲**	• 出版第二部小說《隱身魔鬼》，主角是夫妻檔偵探湯米和陶品絲。 • 與亞契至南非、澳洲、紐西蘭、夏威夷和加拿大等國旅行十個月，在南非得到《褐衣男子》的靈感。
1923	**33 歲**	• 三月出版第三部小說《高爾夫球場命案》，白羅再度登場。
1926	**36 歲**	• 四月母親過世，克莉絲蒂陷入憂鬱。 • 六月在「威廉・柯林斯父子出版社」出版《羅傑艾克洛命案》。 • 八月亞契因外遇提出離婚，十二月初一次爭吵後，克莉絲蒂離家棄車失蹤，消息登上全國新聞。
1927	**37 歲**	• 一月在悲痛心情中寫出《藍色列車之謎》，第一次創造出聖瑪莉米德村，即後來瑪波小姐居住的村子。 • 分居期間在雜誌刊登以白羅為主角的短篇小說，後來集結出版《四大天王》。 • 十二月在雜誌刊登短篇小說〈週二夜間俱樂部〉，瑪波小姐初登場，後來收錄在一九三二年出版的短篇小說集《十三個難題》。
1928	**38 歲**	• 十月正式離婚，仍保留「克莉絲蒂」姓氏。 • 秋天搭乘「東方快車」前往土耳其的伊斯坦堡，再轉往伊拉克首都巴格達，參觀考古現場烏爾，認識考古學家伍利夫婦（Leonard and Katharine Woolley）。
1930	**40 歲**	• 二月應伍利夫婦之邀再訪烏爾，認識考古學家麥克斯・馬龍（Max Mallowan），九月於英國愛丁堡結婚。這段婚姻開啟克莉絲蒂旺盛的創作生涯，兩人到中東考古現場的旅行為許多作品帶來靈感。

- 婚後克莉絲蒂開始維持固定的寫作行程。十月出版《牧師公館謀殺案》，是第一部以瑪波小姐為主角的小說。
- 出版第一部以「瑪麗・魏斯麥珂特」（Mary Westmacott）為筆名的《撒旦的情歌》，並陸續發表了五部非犯罪小說。

1932 42歲
- 出版《危機四伏》。

1934 44歲
- 出版《東方快車謀殺案》，是白羅海外辦案三部曲之一，故事靈感來自中東的旅行經歷。一九七四年第一次改編成電影大獲好評。

1936 46歲
- 出版《美索不達米亞驚魂》，白羅海外辦案三部曲之二。

1937 47歲
- 出版《尼羅河謀殺案》，白羅海外辦案三部曲之三，故事背景是年輕時與母親同遊的埃及。一九七八年第一次改編成電影大受歡迎。

1939 49歲
- 二次大戰期間，克莉絲蒂在大學學院醫院擔任義務藥師，學習到最新的毒藥知識，對於推理小說寫作大有助益。
- 出版《一個都不留》，是克莉絲蒂最著名作品之一。

1941 51歲
- 出版《密碼》，呈現出克莉絲蒂對戰爭的看法。
- 出版《豔陽下的謀殺案》。

1942 52歲
- 出版《藏書室的陌生人》、《五隻小豬之歌》等名作。

1944 54歲
- 以「瑪麗・魏斯麥珂特」為筆名出版第三部作品《幸福假面》，被美國書評人發現是克莉絲蒂的作品，讓她從此失去匿名創作的自在樂趣。

1950　60 歲　• 獲選為皇家文學學會的會員。

1953　63 歲　• 出版《葬禮變奏曲》。

1956　66 歲　• 一月獲頒大英帝國爵級大十字勳章（GBE）。
• 十一月以「瑪麗．魏斯麥珂特」為筆名出版《愛的重量》，是這個筆名的最後一部作品。

1958　68 歲　• 成為「偵探作家俱樂部」主席。

1960　70 歲　• 馬龍獲頒大英帝國爵級大十字勳章。

1961　71 歲　• 獲得艾克塞特大學頒發榮譽文學博士學位。

1968　78 歲　• 馬龍獲封為爵士，克莉絲蒂亦被稱為馬龍爵士夫人。

1971　81 歲　• 獲頒大英帝國爵級司令勳章（DBE），獲封為女爵士。

1973　83 歲　• 出版最後一部創作《死亡暗道》，亦為湯米和陶品絲最後一次辦案。

1974　84 歲　• 最後一次公開露面，出席電影《東方快車謀殺案》首映會。

1975　85 歲　• 八月六日，白羅成為有史以來第一次在《紐約時報》頭版刊出訃聞的小說主角，宣傳九月即將出版的《謝幕》，這也是白羅最後一次辦案。

1976　86 歲　• 一月十二日去世。
• 十月出版《死亡不長眠》，瑪波小姐的最後一次辦案。

克莉絲蒂推理原著出版年表

1920 史岱爾莊謀殺案 The Mysterious Affair at Styles（神探白羅系列）
1922 隱身魔鬼 The Secret Adversary（神探湯米＆陶品絲系列）
1923 高爾夫球場命案 The Murder on the Links（神探白羅系列）
1924 白羅出擊 Poirot Investigates（神探白羅系列）
1924 褐衣男子 The Man in the Brown Suit（神探雷斯上校系列）
1925 煙囪的祕密 The Secret of Chimneys（神探巴鬥主任系列）
1926 羅傑艾克洛命案 The Murder of Roger Ackroyd（神探白羅系列）
1927 四大天王 The Big Four（神探白羅系列）
1928 藍色列車之謎 The Mystery of the Blue Train（神探白羅系列）
1929 七鐘面 The Seven Dials Mystery（神探巴鬥主任系列）
1929 鴛鴦神探 Partners in Crime（神探湯米＆陶品絲系列）
1930 牧師公館謀殺案 The Murder at the Vicarage（神探瑪波系列）
1930 謎樣的鬼豔先生 The Mysterious Mr. Quin（神探鬼豔先生系列）
1931 西塔佛祕案 The Sittaford Mystery
1932 十三個難題 The Thirteen Problems（神探瑪波系列）
1932 危機四伏 Peril at End House（神探白羅系列）
1933 十三人的晚宴 Lord Edgware Dies（神探白羅系列）
1933 死亡之犬 The Hound of Death
1934 三幕悲劇 Three Act Tragedy（神探白羅系列）
1934 李斯特岱奇案 The Listerdale Mystery
1934 帕克潘調查簿 Parker Pyne Investigates（神探帕克潘系列）
1934 東方快車謀殺案 Murder on the Orient Express（神探白羅系列）
1934 為什麼不找伊文斯？ Why Didn't They Ask Evans?
1935 謀殺在雲端 Death in the Clouds（神探白羅系列）
1936 ABC 謀殺案 The A.B.C. Murders（神探白羅系列）
1936 底牌 Cards on the Table（神探白羅系列）
1936 美索不達米亞驚魂 Murder in Mesopotamia（神探白羅系列）

1937　巴石立花園街謀殺案 Murder in the Mews（神探白羅系列）
1937　尼羅河謀殺案 Death on the Nile（神探白羅系列）
1937　死無對證 Dumb Witness（神探白羅系列）
1938　白羅的聖誕假期 Hercule Poirot's Christmas（神探白羅系列）
1938　死亡約會 Appointment with Death（神探白羅系列）
1939　一個都不留 And Then There Were None
1939　殺人不難 Murder Is Easy/Easy to Kill（神探巴鬥主任系列）
1940　一，二，縫好鞋釦 One, Two, Buckle My Shoe（神探白羅系列）
1940　絲柏的哀歌 Sad Cypress（神探白羅系列）
1941　密碼 N Or M?（神探湯米＆陶品絲系列）
1941　豔陽下的謀殺案 Evil Under the Sun（神探白羅系列）
1942　五隻小豬之歌 Five Little Pigs（神探白羅系列）
1942　藏書室的陌生人 The Body in the Library（神探瑪波系列）
1942　幕後黑手 The Moving Finger（神探瑪波系列）
1944　本末倒置 Towards Zero（神探巴鬥主任系列）
1945　死亡終有時 Death Comes as the End
1945　魂縈舊恨 Remembered Death（神探雷斯上校系列）
1946　池邊的幻影 The Hollow（神探白羅系列）
1947　赫丘勒的十二道任務 The Labours of Hercules（神探白羅系列）
1948　順水推舟 Taken at the Flood（神探白羅系列）
1949　畸屋 Crooked House
1950　謀殺啟事 A Murder Is Announced（神探瑪波系列）
1951　巴格達風雲 They Came to Baghdad
1952　殺手魔術 They Do It with Mirrors（神探瑪波系列）
1952　麥金堤太太之死 Mrs. McGinty's Dead（神探白羅系列）
1953　黑麥滿口袋 A Pocket Full of Rye（神探瑪波系列）
1953　葬禮變奏曲 After the Funeral（神探白羅系列）

1954　未知的旅途 Destination Unknown
1955　國際學舍謀殺案 Hickory, Dickory, Dock（神探白羅系列）
1956　弄假成真 Dead Man's Folly（神探白羅系列）
1957　殺人一瞬間 4:50 from Paddington（神探瑪波系列）
1958　無辜者的試煉 Ordeal by Innocence
1959　鴿群裡的貓 Cat Among the Pigeons（神探白羅系列）
1960　哪個聖誕布丁？ The Adventure of the Christmas Pudding（神探白羅系列）
1961　白馬酒館 The Pale Horse
1962　破鏡謀殺案 The Mirror Crack'd from Side to Side（神探瑪波系列）
1963　怪鐘 The Clocks（神探白羅系列）
1964　加勒比海疑雲 A Caribbean Mystery（神探瑪波系列）
1965　柏翠門旅館 At Bertram's Hotel（神探瑪波系列）
1966　第三個單身女郎 Third Girl（神探白羅系列）
1967　無盡的夜 Endless Night
1968　顫刺的預兆 By the Pricking of My Thumbs（神探湯米＆陶品絲系列）
1969　萬聖節派對 Hallowe'en Party（神探白羅系列）
1970　法蘭克福機場怪客 Passengers to Frankfurt
1971　復仇女神 Nemesis（神探瑪波系列）
1972　問大象去吧 Elephants Can Remember（神探白羅系列）
1973　死亡暗道 Postern of Fate（神探湯米＆陶品絲系列）
1974　白羅的初期探案 Poirot's Early Cases（神探白羅系列）
1975　謝幕 Curtain: Hercule Poirot's Last Case（神探白羅系列）
1976　死亡不長眠 Sleeping Murder（神探瑪波系列）
1979　瑪波小姐的完結篇 Miss Marple's Final Cases（神探瑪波系列）
1991　情牽波倫沙 Problem at Pollensa Bay
1997　殘光夜影 While the Light Lasts

國家圖書館出版品預行編目（CIP）資料

黑麥滿口袋 / 阿嘉莎・克莉絲蒂（Agatha Christie）著；宋碧雲譯. -- 二版.-- 臺北市：遠流出版事業股份有限公司, 2023.10
面； 公分. -- (克莉絲蒂繁體中文版20週年紀念珍藏 ; 46)
譯自：A Pocket Full of Rye
ISBN 978-626-361-256-3(平裝)

873.57 112014628

克莉絲蒂繁體中文版 20 週年紀念珍藏 46

黑麥滿口袋

作者 / 阿嘉莎・克莉絲蒂
譯者 / 宋碧雲

主編 / 陳懿文、余式恕　校對 / 呂佳真
封面、內頁設計 / 謝佳穎　排版 / 連紫吟、曹任華
行銷企劃 / 舒意雯　出版一部總編輯暨總監 / 王明雪

發行人 / 王榮文
出版發行 / 遠流出版事業股份有限公司
地址 / 104005臺北市中山北路一段11號13樓
電話 / (02)2571-0297　傳眞 / (02)2571-0197　郵撥 / 0189456-1
著作權顧問 / 蕭雄淋律師

2003年5月1日 初版一刷
2023年10月1日 二版一刷
定價 / 新臺幣380元 (缺頁或破損的書，請寄回更換)

ISBN 978-626-361-256-3

遠流博識網 http://www.ylib.com E-mail: ylib@ylib.com
遠流粉絲團 https://www.facebook.com/ylibfans

www.agathachristie.com